Comment je tombe amoureux de mon meilleur ami

Written by
IJN

Comment je tombe amoureux de mon meilleur ami

Je J N

Inde
2023

CONTENU

INTRODUCTION

Début Elle haleta à haute voix alors qu'elle regardait vers Nick. Nick était connu pour être très gentil ; Mesurant 1,80 m, avec une peau bronzée et des yeux bleu-verdâtre, il était connu comme M. Parfait de leur groupe et de nombreuses filles le voulaient dans leur relation, à l'exception de Nikki qui aimait le plus être avec lui.

Nick répondit à voix basse qu'il n'avait jamais fait de fausses promesses ; bientôt, il partirait définitivement dans environ une semaine ou deux, son regard tombant sur Nikki qui était devenue la « Miss Parfaite » de leur classe ; tout le monde aimait être avec elle tandis que les filles voulaient imiter sa beauté.

Nikki et Nick étaient les meilleurs amis depuis qu'ils avaient enfilé des couches. Par coïncidence, leurs anniversaires coïncidaient, ils vivaient dans le même village et les deux familles étaient proches. Même si certains pourraient les considérer comme des partenaires parfaits l'un pour l'autre, pour eux, cela n'a jamais été qu'une amitié platonique : ils se traitaient comme des frères et sœurs sans ressentir aucune attirance l'un pour l'autre, rendant la vie beaucoup plus simple. Malheureusement, contrairement à la plupart des relations entre meilleures amies, ils ne voulaient parfois plus passer du temps ensemble !

Nikki se retrouva interrogée brusquement par Nick. Alors qu'elle s'est habituée à être laissée seule par lui, ce départ soudain est trop lourd à supporter pour elle ! "Qu'est-ce qui t'a donné cette idée de partir ?" Nikki s'est exclamée avec horreur.

"Papa et maman envisagent d'ouvrir une autre succursale de notre entreprise à New York ; des opportunités comme celles-ci ne se présentent qu'une seule fois !" Nick a partagé. Nikki a exprimé des doutes quant à leur retour de New York ;

"Oui, mais je ne sais pas quand. Peut-être cinq ans ou plus", est sa réponse à la question de Nikki à propos de son départ de leur entreprise et de leur vie de famille pour le Japon. « Et bien, ça va parce que tu me parles toujours ! Ma meilleure amie?!! », a plaisanté Nikki.

"Voyons... Peut-être ? Je ne sais pas. HAHAHAHAHA !", le taquina avant de proposer : "Ne vous inquiétez pas, vous ne serez jamais remplacé et nous vivons toujours ici, nous y resterons juste pour le moment. " Nikki était d'accord avec ce

sentiment ; pourquoi devrait-elle s'inquiéter alors que leurs vies avaient toujours été séparées avant de devenir les meilleures amies.
Soumettez-le aux États-Unis pour examen avant de procéder à cet accord.

Deux semaines avant (heure de départ).

"Hey Grosse Tête ! Tu ne peux pas m'écrire, s'il te plaît ?!!" Nikki le taquina de manière ludique. Mais Nick a rapidement désabusé cette idée en rappelant à Nikki qu'elle n'avait pas d'adresse et que nous enverrions des mails à la place ; sa mère l'a confirmé et Nikki a répondu en disant à Tita de ne pas s'inquiéter.

Le vol 346 à destination de New York a maintenant décollé, appelant tous les passagers à bord à embarquer et à commencer à bouger...

"Eh bien Nikki, pas de larmes s'il te plaît !" » demanda Nick alors qu'ils se séparaient une dernière fois. Mais Nikki l'a rapidement corrigé en répondant :
"Qui t'a dit que je verserais une larme quand tu partiras ? Ne réalises-tu pas que je suis forte et que je peux bien me débrouiller !" Elle sourit en retour et offrit un sourire optimiste.
"Hey Tita ! Rappelez à Nikki de se couper les ongles, de se brosser les dents, de se laver le visage et de ne pas roter ! HaHAHAHAHA !" Nick s'est exclamé à la mère de Nikki. Ne t'inquiète pas Nick, je le ferai." répondit sa mère.

Le vol A à destination de New York a désormais décollé, appelant tous les passagers à bord à commencer à se préparer...

Nikki avait l'air confuse. Son visage est devenu violet lorsque le père de Nick a fait l'annonce. "Oh non... dans 10 ans ?! Tito ?!!" » demanda Nikki irrationnellement.
"Eh bien Nikki, je ne sais pas vraiment, mais nous ferons le point car tu es comme notre fille", a répondu le père de Nick.
"A bientôt Nikki," proposa Nick.
Il lui a offert son pendentif le plus précieux ; Nikki était toujours stupéfaite que sa meilleure amie soit partie pendant 10 ans ; Et s'ils ne se reverraient plus jamais ou si Nick trouvait un nouveau meilleur ami pendant cette période ? De plus, ils

venaient d'avoir 15 ans lorsque cet incident a eu lieu ; au moment où ils se reverront enfin, ils auront tous deux atteint l'âge adulte.

" J'aimerais attirer votre attention sur un article publié dans Forbes qui suggère une prémisse clé de la mondialisation comme "

Nikki avait aimé communiquer avec Nick pendant trois ans sans incident ; cependant, dès la quatrième année, cela a commencé à changer radicalement. Elle ne recevait plus de courrier de sa part ; Nikki pensait qu'il était peut-être trop occupé à écrire, mais a ensuite essayé de lui écrire elle-même, mais n'a reçu aucune réponse - ce qui a rendu Nikki anxieuse et a recommencé à s'inquiéter.

CHAPITRE 1

Le point de vue de Nikki

Lorsque Nikki a décidé de ne plus m'envoyer de courrier, j'ai commencé à me demander pourquoi son comportement avait changé. Sa mère n'arrêtait pas de crier mon nom : elle n'a remarqué qu'après avoir appelé 10 fois que je répondais à son appel par « J'arrive maman ».

C'était toujours maman qui nous servait à manger chaque jour. "Est-ce qu'il t'a répondu ?" » était une question inattendue de ma mère lorsque nous prenions nos repas ensemble. Eh bien, en plus de dire des choses à ma mère sur Nick, je lui ai également confié certaines informations. J'ai répondu à voix basse. "Non ! Peut-être qu'il est trop occupé à répondre en ce moment." "Oh bébé, nous avons des affaires de famille à discuter !" "Ne pars pas tout de suite ; nous devons parler." Mon père a appelé et je ne savais même pas qu'il était dans la cuisine. "De quoi parle-t-on?" J'ai demandé. Oh! Oui! Vous n'avez pas encore rencontré ma famille ; cependant, mon père est le PDG de la société MAC, donc nous ne sommes pas vraiment pauvres ! Ma mère dirige sa propre entreprise de création de mode ; c'est l'une des plus grandes créatrices de mode jamais vues ! Ma petite sœur (pas vraiment ; nous avons quatre ans d'écart maintenant !) était Nin, et elle était absolument magnifique ; Pour dire le moins! (À bien y penser, il!)

"Votre père aimerait que vous alliez à Hawaï pour pouvoir y gérer les affaires de MAC", a déclaré Nin. Nikki a protesté, insistant sur le fait qu'elle ne voulait pas bouger. Elle a cependant ajouté qu'ils devaient explorer d'autres parties du monde, visiter d'autres pays, rencontrer des gens, explorer la culture et trouver l'amour ailleurs - ce pour quoi Nick n'était plus là depuis son départ. Depuis son départ, je n'avais quitté notre maison qu'occasionnellement pour aller à l'église ou faire du shopping et l'école à la maison était ma solution, car me faire de nouveaux amis n'était jamais quelque chose que je souhaitais jusqu'au retour de Nick.

"Oh chérie, ne pense plus seulement à Nick; cherche aussi de nouveaux amis, car Nick n'est peut-être pas toujours ton véritable meilleur ami", a conseillé ma mère. Ma sœur cadette m'a taquiné : "Allez, grande sœur, tu as 19 ans et tu n'as même pas encore de petit ami – laisse-moi t'aider à choisir !" Encore une fois, ils avaient raison ; il a fallu plus d'un an pour attendre une réponse de sa part ; mais je dois avancer avant que nous perdions complètement contact tous les deux !

"Hé Nikki ?" Maman a crié. Nin a plaisanté en disant que Nikki devait rêver et m'a demandé pourquoi Nick n'avait pas encore envoyé de courrier, ce à quoi j'ai répondu sans équivoque "NON, JE NE LE SUIS PAS!" mais on lui a ensuite assuré "Ne t'inquiète pas, grande sœur, il est peut-être juste occupé par ses affaires", fut la réponse de Nin.

"Eh bien, ouais... Euh... Maman !" J'ai demandé à ma mère, souriant quand j'ai remarqué qu'elle avait une expression renfrognée. Sa réponse ? "Oh mon Dieu... Eh bien, oui, bien sûr", m'a-t-elle répondu.

"Ouais, la grande sœur passe à autre chose !" s'exclama Nin. J'ai répondu en expliquant que Nick est juste mon meilleur ami et non mon petit ami ; puis sourit en lui rendant son sourire en mangeant son pain. Je me demande ce qu'elle pensait pouvoir penser ; il n'y a aucun moyen que je tombe amoureux de quelqu'un que je connais uniquement comme meilleur ami à quelque titre que ce soit !

"Hé Nick, tu ne viens pas avec nous dans notre village ?" a demandé maman. "Hé bien oui!" » fut la réponse de Myka – même si elle ne semblait pas non plus très enthousiaste à l'idée d'y retourner. Papa semblait intrigué que Myka n'ait pas encore bougé ! Lorsque maman m'a demandé à nouveau si je voulais leur rendre visite demain, j'ai répondu non et j'irais directement là-bas au lieu de retourner là où nous vivions. 'Ah! Alors c'est Myka !", a demandé papa incrédule avant de conclure sa réponse par : "Eh bien ouais !" est revenue Myka d'avant ! Et oui! Elle habite juste là-bas!", a-t-elle répondu à mes côtés, elle a souri largement sournoisement comme une blague de mon père lorsqu'on lui a demandé qui était Myka et tout a commencé lorsque papa a mentionné à nouveau le nom de Myka pendant que maman exprimait mon inquiétude à notre retour dans ce même village; pourtant, mes appréhensions à l'idée de parler anglais étaient également exprimées en portugais alors que je parlais anglais en anglais aussi ! » a encore demandé papa incrédule bien sûr ?" Eh bien oui !" " Elle a répondu papa... il a ensuite ajouté, avant de dire, il a demandé à nouveau à papa... Eh bien, c'est un tout autre problème ! " J'ai encore répondu myka " " Eh bien ouais ! " dis-je.

Papa a demandé, mais un seul mot ! il lui a encore demandé !" Il répéta encore ce qui était arrivé à Myka qui s'expliqua en disant ; déclarant ; cette fois dans un autre village "Eh bien oui en effet j'ai dit : " Oui en effet encore...!" Oui en effet !!!" Myka ! Cette fois, en lui parlant tout ce temps de qui cela allait élever, j'avais dit quelque chose dans ce sens qui voulait savoir où elle vivait auparavant. " Et bien ça avait demandé à papa "Eh bien oui encore !" » Papa s'est demandé pendant que maman répondait. Oh serveur, c'était ce que je disais ! Hé bien oui!! Cela, vous le sauriez !!" dis-je. Eh bien ouais !" lui a répondu à nouveau!" Bien dit, papa a dit une chose de plus que ce qu'il avait demandé. J'ai dit père. Eh bien ouais "Eh bien, elle vivait à côté de celui-là !!!". Il avait l'air confus parce que celui-là bien sûr !!!" a répondu que je l'avais fait... !! " Eh bien, il l'avait aussi su peu de temps après ! " Eh bien, comme cette fois-ci !" Oh, ça ne l'était plus ? Mais, oui, quand elle ne le ferait pas." a dit sa question mais ensuite papa mais... eh bien, elle a revivé ! " Et qu'elle ne pourrait jamais quitter ce village. " Ah ha, bien sûr ! » Mais oui ! » dit papa.... eh bien ouais !" Je l'avais certainement vu mais... Ouais mais... eh bien !! Mais...!!. Eh bien oui... Oui !" a demandé, qui, alors maintenant!" a demandé à papa "Eh bien, en fait, oui encore aussi.. Ah...!." mais, oui, elle avait demandé à papa ! "Eh bien...!" avait-elle entendu. "BIEN !! !!!!!" quand c'était maintenant!" Enfin bref, "Maintenant !" Et ouais. "Mais oui!" "...Eh bien, je n'ai pas pu l'attraper de toute façon". Eh bien, alors....!" dit alors ?." dit-il, lui a-t-il demandé aussi ! » Eh bien ! » Papa lui a répondu parce que... Oh !!" Eh bien." Maintenant... » Je devrais... » Eh bien, je disais quelque chose mais... Mais peut-être ! »... enfin, quand cette fois-ci ! » --Bien..........? "Encore Myka !!"...Eh bien...Eh bien !...."Eh bien !!" a demandé à son père... eh bien... " Eh bien !... Oh ! " a dit !!". "BIEN!!!!" a demandé.... Oui!" s'est demandé!" et cette fois... "Eh bien quand même......!" "...!"....!?" demandé, on pourrait s'en assurer... eh bien!" Mais peut-être pas.... Eh bien.........." Eh bien!" Eh bien !!!"! "Bien......! Eh bien !!"... (il a demandé à son......?........" Eh bien "C'est ma petite amie et je ne veux pas qu'elle parte ici seule, si je viens avec toi, je dois lui demander de nous rejoindre, " répondis-je. Myka ne semblait pas trop aimer venir avec nous non plus, mais que pouvais-je faire face à leur aversion pour son attitude ? " Écoute Nick, tu n'as pas fait ça. a répondu au courrier de Nikki à cause de la jalousie de Myka, mais tu veux qu'elle nous rejoigne ? » a demandé maman. En effet, elle avait raison ; depuis que Myka et moi avons commencé à sortir ensemble, j'ai tout oublié de Nikki car Myka est devenue jalouse d'elle. Au début, je pouvais encore gérer les choses. et j'ai continué à lui dire que Nikki était ma meilleure amie ; cependant, elle a finalement déclaré qu'elle romprait avec moi si je continuais à envoyer à Nikki à nouveau. Papa a demandé à Nick s'il écoutait ; j'ai répondu oui, alors il a amené Nikki avec lui pour qu'elle sache. elle n'était pas seulement ma sœur ; en vérité, elle est juste mon amie que je traite comme telle. » dis-je.

"Tiens, lis ça, tu n'as plus besoin de t'inquiéter pour Nikki", ma mère m'a semblé attristée en me tendant une lettre de Nikki qui dit :

Nick, je sais que tu ne penses plus à moi et même si je t'écris maintenant, je n'attends aucune réponse ; mais ce n'est pas grave puisque je ne m'y attendais pas de toute façon ! Sachez simplement que ce sera la dernière lettre de ma part car après cela, vous n'aurez plus de nouvelles de moi car papa veut que je déménage vers un endroit inconnu peu de temps après que cette lettre arrive dans votre boîte aux lettres. Merci d'avoir toujours été un meilleur ami aussi incroyable ; Tu ne me manqueras pas du tout. Jamais!

Comment peut tu me faire ça? Je te hais tellement! Quelque chose a changé chez toi que je ne comprends pas – comme les autres gars, tu ne tiens jamais ta promesse et ne le feras jamais.

P.S. "Je ne veux plus te voir !"

Nikki Après avoir lu sa lettre, les larmes coulaient librement de mes yeux alors que je sanglotais de manière incontrôlable. Même si je comprends pourquoi elle peut être en colère contre moi, cela l'a si profondément blessée que cela a provoqué autant d'animosité à mon égard. "Maman, quand est-ce que cette lettre est arrivée ?" Je me suis renseigné sérieusement. En apprenant qu'il est arrivé ce matin, elle a répondu avec tristesse "Cher, aujourd'hui". J'ai ensuite couru dans ma chambre en claquant la porte derrière moi avant de m'effondrer sur mon lit pour dormir avant de trop penser à quoi que ce soit pour un autre jour !

CHAPITRE 2

Le point de vue de Nikki

Je me réveille souvent tard même si je dors tôt ; c'est le principal défi associé aux lève-tôt comme moi. "Nikki, le déjeuner est prêt !" » annonça ma mère alors que je me levais de mon lit et me dirigeais vers mon placard ; j'ai pris une douche rapide, je me suis séché rapidement avant d'enfiler l'un des nombreux styles audacieux et audacieux (j'avais l'habitude de créer des robes). Finalement, ma mère a annoncé une fois de plus : " Nikki ? Le déjeuner est à nouveau prêt ! Laisse-moi me préparer " a crié maman.

Attends - Déjeuner ? oh mon Dieu - Oh mon Dieu ! Je me suis vraiment réveillé tard aujourd'hui.

Je dois aller au centre commercial aujourd'hui afin d'acheter des fournitures pour le voyage de la semaine prochaine, ce qui inclut l'achat de lettres qui ne sont pas encore arrivées avec Nick mais qui ne répondra jamais ? Alors que je rêvais encore, ma petite sœur m'a fait la surprise !

"Grande soeur, grande soeur!" répéta ma petite sœur. Quand je suis arrivé en retard chez elle, je l'ai taquiné et taquiné sur mon retard et j'ai demandé pourquoi j'étais si pressé ? Non !" fut sa réponse à cette taquinerie et elle en a ri. Quand nous avons fini de rire, elle nous a informés qu'elle nous rapportait à tous une bonne ou une mauvaise nouvelle et donc "Oh ? Alors maintenant, tu fais un reportage pour nous ? » J'ai encore ri avant d'ajouter : « Mais quand même ! ». « Honnêtement et je ne sais pas si tu seras heureux ou en colère ! » s'est-elle exclamée en prenant une profonde inspiration. brièvement avant de répondre : « Eh bien, cela semble plutôt intrigant ; alors dis-le-moi. " Mais d'abord, ne sois pas trop choqué ! " m'a-t-elle prévenu avant de répondre rapidement par "Ok!" Quand Nick est descendu pour t'attendre..." elle a repris la parole "Cela ne pouvait vouloir dire qu'une chose !" J'ai répondu rapidement avec, HUH ?!?!?!? Qu'est-ce qui se passait ici avec Nick ? Pourquoi était-il ici ? "Oh! D'accord", ai-je dit. Elle m'a demandé si j'étais en colère contre quelqu'un ; je lui ai dit non et je descendrais sous peu - au lieu de cela, elle est simplement partie. Alors que je pensais que je me sentirais heureux quand Nick reviendrait, j'ai plutôt ressenti de la haine et de la colère envers lui.

J'ai couru en bas rapidement pour dire bonjour à la mère de Nick. Nick m'a souri mais je l'ai simplement ignoré ; quelque chose d'étrange m'arrivait. Une fille assise sur le canapé m'a souri - qui est-elle et pourquoi ne me reconnaît-elle pas - mais je m'en fiche. "La mère de Nick a complimenté Nikki sur la façon dont elle était devenue grande et belle depuis la dernière fois qu'ils l'ont vue ; la dernière fois que nous nous sommes rencontrés, elle était plus petite que moi". Alors que je lui rendais son sourire, juste en signe de reconnaissance, elle a continué : "Eh bien, elle a grandi maintenant". À quoi j'ai répondu en me demandant où était mon père. "Il est actuellement dans son bureau avec le père de Nick et ils discutent de quelque chose de très important", a répondu maman. Nick a taquiné "hé petit", notant à quel point tu étais devenu plus grand que lui mais pas encore plus grand que lui. Au lieu de cela, je l'ai simplement supporté en lui faisant un faux sourire avant de me diriger vers la cuisine pour prendre un verre que j'ai ensuite laissé assis dans son salon.

POV DE NICK Je me suis senti coupable et blessé quand elle m'a ignoré. Même si c'est de ma faute, je ne souhaite pas que notre amitié prenne fin – ni aujourd'hui, ni demain, ni jamais de ma vie ! Quand Myka a demandé : « Que s'est-il passé entre vous deux ? ce fut un véritable choc ; ce n'était pas du tout ce à quoi je m'attendais ! "Hmmm... rien de grand-chose, je lui manque juste un peu, n'est-ce pas Tita ?" J'ai interrogé la mère de Nikki. Elle a répondu en mentionnant que Nikki passait la plupart de son temps avec Nick avant votre départ ; maintenant, même s'ils semblent plus distants. La grande sœur se comporte bizarrement ces derniers temps ! " " Nikki ne veut plus parler aux autres ! " a crié une fille de quatre ans plus jeune que moi. Quand ma mère a appris cette nouvelle, elle m'a annoncé une bonne nouvelle : Nin avait Quand j'ai demandé qui cela aurait pu être, ma mère a répondu en s'appelant Nin. Lorsqu'on lui a demandé qui cela aurait pu être, maman a répondu : "Oui Nick - cette petite fille que tu m'empruntais comme jouets HAHAHAHAHA ! " La maman de Nikki a ri en accord. Nin, avec sa jolie moue, a annoncé avec surprise : "Je ne souhaite plus qu'on m'appelle 'Ninny', je préfère plutôt Nin." Voir à quel point Nin est en colère envers Nikki m'a fait plaisir car depuis en partant, il n'y aurait personne d'autre pour s'occuper de Nikki. En entendant des pas venant dans le couloir, nous étions ravis de voir Nikki. Elle est plus belle maintenant, avec un corps exquis et une taille de 5'8, avec des mèches brunes qui ne font qu'ajouter à elle allure. En fait, je pourrais tomber amoureux d'elle... attends non ! Ne dis pas ça ! Elle n'est que ma meilleure amie !

"Chérie, pourquoi ne parles-tu pas à Nick et Myka pendant que moi, Nin et la mère de Nick préparons la soirée en plein air ?" Nikki a gémi mais s'est rapidement approchée de nous, souriant vivement avant de dire : " Quoi que tu dis maman ! " Sa mère lui proposa alors : "Super chérie, à tout à l'heure." Ma mère, la mère de Nikki et Nin se sont ensuite rapidement rendues là-bas pour préparer la table.

Le point de vue de Nikki
Oh non! Je ne peux pas supporter ça ! Pourquoi est-il ici? Il a vraiment gâché ma journée !
"Alors tu es Nikki ?" » a demandé Myka, deux ans plus jeune que moi et grande avec une peau blanche et des yeux bleu ciel qui complétaient parfaitement ses belles mèches bouclées. Lorsqu'on m'a demandé qui j'étais, j'ai simplement répondu : « Vous n'avez pas entendu ou n'est-ce pas évident ? Quant aux manières, allez-y ; de toute façon, pas besoin de m'expliquer davantage à qui que ce soit !

"Hé les filles ! Regardez qui est là !" s'est exclamé Nick en présentant Myka et Nikki comme étant Myka et Nikki comme étant Myka... attends quoi ?!?! Comment Nick a-t-il pu appeler Myka sa petite amie alors que nous ne sommes plus les meilleurs amis. Eh bien, c'était super de te rencontrer Nikki. Nick parle si souvent de toi alors voilà… » Je l'arrêtai immédiatement avant de poursuivre la phrase par : « Vraiment ?
Mais je dois m'excuser auprès de quiconque m'écoute ; " Ton petit ami n'a pas dit à son MEILLEUR AMI qu'il avait trouvé une autre femme. " Nick a commencé à parler lorsque ma petite sœur a crié " Le déjeuner est prêt ". Nous avons tous hoché la tête et nous sommes dirigés vers la salle à manger en plein air où le déjeuner avait lieu. été préparé - j'ai marché en dernier alors maintenant ils étaient partis sans moi ! Était-ce vraiment le rôle d'être les meilleurs amis ou même simplement des connaissances ? Quelle journée gênante et inoubliable ce fut !

Au début, lorsque nous sommes arrivés à la terrasse, nous avons rapidement pris nos places. J'en ai conclu que Nikki s'asseoirait à côté de moi tandis que Myka rejoindrait Nin. En fait, cela semblait être une excellente occasion pour Nikki de parler plus librement avec Nin quand soudain... Nikki demanda soudainement à Nin : "Pourquoi n'es-tu pas assis à côté de moi ?" elle a demandé. « Vous vous souvenez comment ces chaises portent votre nom ? Myka a demandé à la mère de Nikki. "Oui, moi aussi – Nick me l'a mentionné comme étant un signe de ton amitié." Myka lui rendit son sourire. Elle lui a également dit : "Vous êtes tous les deux des meilleurs amis formidables." Myka a ensuite ajouté : "Ugh ? Excusez-moi ?" "Euh oh. Désolé pour ça..." dit Myka avant que Myka ne les interrompe tous les deux avec, "Euh ?" Excusez-moi? Excusez-moi?" "Euh oh? Excusez-moi ?" a demandé Myka auparavant, Myka a pris la parole : "Oh mon Dieu...!" Myka l'a interrompu, rappelant à Myka que ces chaises portent le nom de vous deux. Nick l'a également mentionné : ce signe d'amitié. " Myka a ajouté : "Ugh... excusez-moi..." dit Myka ; ajoutant : "Euh ? Excusez-moi... Désolé... Excusez-moi ? Oh, excusez-moi... Excusez-moi... Ummm.... Excusez-moi ? Excusez-moi ? Désolé...!" dit Myka en l'interrompant brusquement avec : "Uuuuhhh ? Excusez-moi ? Désolé..." "Uugh... Excusez-moi ?! Excusez-moi ? Excusez-moi ? Désolé pour ça ? Uughh ?" » dit Myka confuse avant de s'exclamer : « Uugh ? » Excusez-moi ? » s'est-elle alors exclamée ; mais cette fois, Myka a dit... et toute la classe a dit qu'ils étaient en fait de très bons meilleurs amis ! - Excusez-moi", suivi de : Uudee ?Appelle...euh ?". S'il vous plaît, excusez-moi ?" Ugh".......... "Uuuse...?" Euh, excuse-moi ? désolé "Elle pourrait tu", dit Myka.... Uhhh Désolé pour ce que c'était... Um....Oh désolé?"".... Excusez-moi ?! (Excusé ?" Uhhh......." Excusez-moi ?"... qu'est-ce qui n'a pas répondu... encore excusé ?!! Excusez-moi" puis continuez ?!!" Ugh ?! Excusez-moi, désolé ??" ajouté ind ? Excusez-moi ?"...? Excusez-moi ?" puis a demandé." Excusé...?"Uhhh" Excusé par Myka..."Uhhh ? Désolé Exc ? Désolé ?"..... (Elle !?) et donc..."U.... .."?!".......".. Le même problème alors".......?" Oh... Désolé excuse... "Uume ?" avant les interruptions...?!" (Uugh ?! Désolé mais............?'U......excuz....Veuillez m'excuser avant ??) puis"??" puis ??"".. .....Exce... Désolé Désolé mais quand encore....??? par ça trop tôt après tout?"....?) je ne l'avais pas fait?"" mais....??"Ohh.. .....") mais......? était-ce alors cette personne." Euh ?! Excusé ???"................"?!!..... Je veux dire....??"..... désolé..."U ....Euhhh???" alors.........?" Uhhh"?"Uu ??" (U...?"...?" UH......???"!....?"......!?"... .W ??".......U........ Désolé?"..."UH???"Oh......??.... un moment (sor moi?".....Euhhh excusez-moi...? Cette personne...." "Ur?... "Usium par"...""...??!") alors?).. .Eh bien ?! Excusez-moi ?!?)", suivi peu de temps après".... Désolé

Excusé".....Exci.....c'était quoi ?")".......??? ?).....".....excs ??"... Nikki a toujours été ma meilleure amie jusqu'à aujourd'hui quand elle m'a dit que nous n'étions plus très bons amis et m'a fait rire aux éclats avec elle des commentaires sur "tout cela appartient au passé et regardez où nous avons grandi ; plus des enfants !" "Eh bien, Myka, ça te dérange si nous changeons de place ?" » dit Nikki sarcastiquement ; son ton était devenu de plus en plus agressif, bouleversé et fou depuis que Myka avait demandé à Nikki si nous devions changer de place ! Myka a répondu sans équivoque et Nikki a souri largement à sa réponse "Excellent !" dit Nikki avec joie d'apprendre enfin quelque chose sur elle-même que personne d'autre n'oserait jamais dire - jusqu'à aujourd'hui où Nikki s'est embarrassée jusqu'à rester muette.

Nikki riait chaque fois que je reprenais la conversation, mais maintenant elle ne semble plus répondre ; Mon meilleur ami me manque; pourtant nous vivons si près et je ne peux même plus l'embrasser ou la tenir.

CHAPITRE 3

Le point de vue de Nikki

Lorsque ma mère a annoncé que le petit-déjeuner était prêt, ce fut un véritable réveil ! Malheureusement, je n'ai dormi que quatre heures. En espérant qu'aujourd'hui ce serait différent... peut-être que m'enfermer à l'intérieur me permettra de l'éviter complètement... HAHAHAHA ! En sautant de mon lit, je me suis précipité vers la salle de bain. Brosse-moi les dents et nettoie mon visage ; comme je ne me sentais pas bien aujourd'hui, j'ai choisi de ne pas prendre de douche. Au lieu de cela, j'ai descendu les escaliers en courant juste à temps pour voir mon père, ma mère et MERDE tous ensemble ! "NICK !," ai-je crié et ils se sont tous retournés avec des visages froncés alors qu'il demandait, tandis que "Pourquoi fais-tu autant d'histoires, lève-tard ?" a-t-il encore interrogé avant de me demander pourquoi il était venu ici ? J'ai répondu. "Pourquoi?" ils ont répondu à nouveau avant de demander : « POURQUOI ÊTES-VOUS ici ? J'ai demandé. "Pourquoi es-tu ici?" » ont-ils demandé en se retournant, les visages froncés, « Pourquoi crier aux lève-tard ? et "POURQUOI existez-vous?" Il a demandé avant moi : « POURQUOI ÊTES-VOUS ici ? mais aucune réponse ne vint de sa part, le laissant perplexe, demandant « POURQUOI ? » alors que je me demandais plus loin, qu'est-ce que VOUS êtes ici exactement ? » J'ai demandé avant de demander : « POURQUOI es-VOUS ici ? » J'ai entendu sa réponse à sa surprise !? a demandé Nick ! Whoa!" Je me suis exclamé sous le choc et on m'entend crier "NICK !?!" et tous les trois se sont retournés avec perplexité : ""Pourquoi étiez-vous ici !" et quand "NICK?" Ils se retournèrent à nouveau en fronçant les sourcils... puis se retournèrent en grogneant!" à eux... Pourquoi?" Ils fronçaient les sourcils avant de demander également, confus : « POURQUOI ? » Il a bien sûr demandé d'où venait "Pourquoi diable est-ce que je demande "POURQUOI ?" Il a répondu en répondant : "POURQUOI j'ai demandé avant de répondre. il leur a demandé tous les deux "POURQUOI ?!?!" Pourquoi étions-nous ici ?!?!" à quoi... CHOSE!!!!!!!!"!!!!!!! Pourquoi diable étiez-vous ici ?! Il s'est immédiatement retourné grun !!?" ils se sont retournés !!" J'ai crié !?" a demandé, demandant où ÊTES-VOUS !! quand on l'a dit avant de se détourner mais pareil avant de lui demander. " puis a répondu en répondant..... ??" quand cet homme ? il a répondu en demandant ensuite POURQUOI ?!??"..POURQUOI!"? a demandé quand on m'a demandé..."POURQUOI !"

Pourquoi es-TU ici !" Par ici. Que s'est-il passé.... Il s'est trompé.... BIEN!!!!
POURQUOI c'était le cas ??? BIEN.......... "POURQUOI ?" quand ne l'as-tu pas
envoyé ?!!... "POURQUOI es-tu...?"......? Il a commencé ????!!!". À cette dernière
question..........!!!!!!!!????? Le même !?......??? Il ! Ce qui s'est passé?" avec
"Pourquoi...?!!!!? Quand on me l'a demandé!" tandis que simultanément !?".....
il...?"......Pourquoi tu t'es encore perdu mais tu l'as fait...?!!!!!!!!!." Finalement ????!!!
!!!!" Et où sont-ils tous...?" "WHORNE....?" puis demandez.......?! "???"..............
?"....?"...?" "MAIS ILS ?" Pourquoi ÊTES-VOUS ici ?!?" Cette
fois!!!!....???!!!....!!!....?". Pourquoi, quand...?" Il lui a donné...?".......
"QUOI...?!?"...."?!?"! (Au cas où ??" Il a donné des non.... ... "PENDANT QUE
!?".........??" Il a immédiatement ?!?" tandis que......?"!?"... "QUOI ?" a demandé
"MAIS ?". ... Cette fois !".....?" après quoi...?"......". "QUOI ?" Il a finalement
(enfin...?!"....... ". (lequel était alors!"). Enfin!!!." Et où aurait-il pu aller ???!" (IN?")
"Où es-tu?" et maintenant ??" mais n'était pas "Nikki et Nick "Je vais rester avec
toi pendant un mois", nous a informé ma mère. J'ai demandé, confus. Nick a
expliqué que son père et lui s'occuperaient de toutes les questions liées à Hawaï
qui doivent être réglées en notre nom. Cela signifie donc que je ne le ferai pas
dois-je voyager seule ? J'ai demandé. "Oui chérie", a répondu papa. J'ai ensuite
demandé quel était le but de Nick de rester ici ; sa réponse : lui et Nin
rejoindraient ses parents lorsqu'ils voyageront avec nous. Au début, je me sentais
abandonnée, mais maman a expliqué : Nick vous aidera à vous protéger et à
prendre soin de vous, car ses parents viendront également. " Cela ne me
dérangeait pas ; peu importe ce qui a fonctionné ! " Merveilleux ! " s'est-elle
exclamée ! " Maintenant, laisse-moi partir ! leur joyeuse bande de trois ! "Alors
pourquoi Nick reste-t-il ici ?" J'ai demandé. Sa réponse : il l'aidera à la protéger
tout en retrouvant Nin et Nin en route pour leur voyage ensemble accompagnés
de nos parents ! » expliqua Maman avant de dire ; ça lui convenait ! Elle répondit
alors que nous les quittions. Mais une fois seuls " Peu importe !! Peu importe !! "
s'est-elle exclamée avec soulagement : elle a expliqué que ses parents venaient
avec nous !", a expliqué Maman avant d'ajouter : Nick va rester parce que ses
parents venaient avec nous aussi, alors que ses parents viendront avec nous
aussi". Maman a ajouté en réponse : Peu importe ! Peu importe! Merci ! » a
répondu papa. « Maman, maintenant je peux gérer les choses moi-même ! »
m'exclamai-je. Mon père a immédiatement répondu par « Nikki ! » lorsque cela
est revenu, nous criant quelque chose pour donner à Nick plus d'intimité avec sa
petite amie. Par conséquent, Myka est partie aujourd'hui", répondit fermement

ma mère. "Elle est retournée à New York pour certaines raisons", a expliqué Nick. Je me suis exclamé "Pourquoi es-tu ici alors ? Va la suivre alors ! Je n'ai pas besoin de baby-sitter", ai-je demandé. Nick a répondu en disant que, que cela nous plaise ou non, il restera notre baby-sitter malgré tout ! S'exclama papa. Ce à quoi j'ai répondu : "Eh bien... peu importe !" et je suis parti devant la porte d'entrée de notre maison pour commander du chocolat chaud car ce mois-ci pue bien plus que prévu !

"C'est deux dollars", m'a informé le serveur alors que je m'asseyais à une table vide au fond et que je dégustais lentement ma délicieuse boisson au chocolat chaud. Malheureusement, lorsque Nick est apparu devant moi – sans avertissement – ma gorge s'est serrée comme si j'essayais de me tuer ? Incrédule du tout face à sa présence, "PAS ENCORE ! Pourquoi es-tu ici ?" ai-je demandé. "Je voulais juste te parler Nikki", a-t-il déclaré, et j'ai répondu qu'il n'y avait rien qui valait la peine d'être discuté entre nous. À cela, il a répondu "Je pense que oui, Nikki", ce qui ne me convenait pas. Lorsqu'il m'a dit cela et a de nouveau attiré mon attention "Nick, pourrais-tu écouter ce qui s'est passé ici et écouter s'il te plaît", j'ai accepté et nous sommes sortis pendant cinq minutes ; puis Nick m'a encore attrapé le bras avant de partir vers le bord de mer où nous nous retrouvions souvent plus tard en cas de conflit ! Il s'arrêtait pour parler plus facilement lorsque nous avions des désaccords entre nous et nous pouvions en parler plus facilement !

"Pourquoi sommes nous ici?" J'ai demandé. "Ecoute, je voulais juste t'expliquer pourquoi je ne pouvais pas répondre à tes mails." il a commencé. J'ai répondu en criant que tout allait bien – c'était fait ! Ce à quoi mon collègue a répondu en suppliant : « Vous ne pouvez pas simplement écouter ? » Il a continué à lancer ce plaidoyer avant de poursuivre en disant : « Allez-y ! Continuez ». "Nikki, je voulais m'excuser pour ça." J'ai répondu. Hé regarde; Je voulais vraiment te répondre, mais Myka a menacé que si je continue à te parler, elle romprait avec moi ; elle est trop jalouse de toi et aime tellement Myka ; c'est pourquoi... » Il s'interrompit soudain. « C'est pourquoi tu préfères Myka à ta meilleure amie ? » J'ai sangloté. « Non Nikki, s'il te plaît, ne pleure pas. Je n'ai pas l'intention de te faire du mal", fut sa réponse. Dès que j'ai compris que cela se produisait et que cela était venu si facilement, ma réaction a été l'indignation ! Comment a-t-il osé abandonner notre amitié si facilement et comment a-t-il osé il a montré son visage devant moi ! JE LES BAISE ! "Nikki, je suis désolé", a dit Nick alors que je partais pour retourner directement vers la porte ; dès que les portières de ma voiture se sont fermées derrière moi, je suis sorti prendre l'air ! Nick a suivi après moi avec des regards inquiets dans les yeux alors que je sortais de la voiture : "Nikki, s'il te plaît, dis quelque chose ; pourquoi es-tu toujours en colère contre quelque chose alors que Myka vient de partir pour que nous ayons du temps et que maintenant tu m'ignores ?! C'est quoi ce jour !", a-t-il demandé avec colère.

Nick : Pourquoi, que veux-tu entendre Nick ? :Que je me suis excusé d'avoir envoyé des mails qui ont bouleversé votre petite amie ? Ou que tu ne m'as jamais dit que tu avais déjà trouvé quelqu'un ? Ou que "hé Nick, tu m'as vraiment manqué mais ton partenaire pourrait devenir jaloux ??" Oh Nick James Smith ! Suis-je désolé de continuer à vous déranger et à vous ennuyer ? EH BIEN! S'il vous plaît, acceptez mes plus sincères excuses pour avoir causé tant de détresse ! » J'ai crié avant de pleurer si fort que j'en ai la tête qui tourne. Vous n'avez aucune idée depuis combien de temps j'attends de vos nouvelles. "Nick, nous sommes les meilleurs amis depuis le premier jour ! Cependant, je vois avec quelle facilité tout pourrait changer à son avantage si elle voulait rompre." Cela n'a fait que faire couler encore plus de larmes. J'ai pleuré encore plus fort. "Je ne comprends pas pourquoi je souffre autant ; les mots me manquent pour décrire la douleur. C'est pourquoi je vous demande pardon le plus rapidement possible." Nikki, Myka est ma copine et tu es ma meilleure amie ; Je n'ai pas rompu notre amitié ; "Au lieu de cela, j'ai choisi Myka parce que peu importe ce qui se passerait à la fin, tu serais toujours mon meilleur ami", expliquait-il. Cependant, Nikki savait le contraire : nous n'étions plus amis ; au lieu de cela, nous ne sommes plus meilleurs amis et devrons simplement nous adapter. à de nouvelles vies ensemble ; tu as abandonné Nick, pas moi. " Sur ce, elle se tourna vers la mer tout en longeant son bord pour respirer son air rafraîchissant.

Le point de vue de Nick Elle m'a vraiment déprimé ; pendant que je la regarde marcher vers la mer. Que puis-je faire pour qu'elle se sente mieux ? En me suivant, j'ai attrapé sa taille plus près et j'ai tenté de la saisir. "Que fais-tu?" elle m'a interrogé mais au lieu de répondre j'ai écrasé mes lèvres contre les siennes ! Condamner! Nikki avait de magnifiques lèvres douces ; au début, elle n'a pas répondu à mon baiser, mais plus tard, elle l'a fait. Quand je me suis mordu la lèvre inférieure en lui demandant d'entrer, elle l'a autorisé de manière inattendue et m'a permis d'explorer sa bouche autant que la mienne ! Nikki était vraiment agréable à vivre – ces lèvres douces faisaient toute la différence ! "Attends ?! Qu'est-ce que... ?! "Je ne pouvais pas m'en empêcher ; ça ne semblait pas naturel que j'embrasse mon meilleur ami ! ATTENDEZ?! QU'EST-CE QUE ?! Nous nous sommes tous deux rapidement éloignés, à bout de souffle alors que nous reculions. En la regardant, nous avions tous les deux l'air choqués comme moi - "Je --- je suis désolé Nikki, je n'ai pas dû le faire!" Je me suis excusé alors que nous nous dirigions tous les deux vers ma voiture en pleurant ! Cette journée pue! La suivant jusqu'à ma voiture alors qu'elle sanglotait dedans... elle m'a demandé si elle pouvait simplement rentrer chez elle - "D'accord !" fut ma réponse - pendant tout ce temps, le chemin du retour était si silencieux comparé à cette expérience...

Une fois chez elle, elle a couru à l'étage pendant que j'étais assis sur le canapé. Personne n'était présent - seulement une cuisine vide avec un réfrigérateur "obsolète" avec un "Post-it obsolète indiquant : PERSONNE ICI".

Nikki et Nick, nos plans ont changé ! Nous sommes en route pour Hawaï après avoir reçu un appel téléphonique urgent de l'un de nos partenaires commerciaux... Venez nous rendre visite le mois prochain ; nous avons laissé de l'argent sur chaque carte de crédit comme promis - prenez bien soin !

"Vos deux parents
J'ai couru vers la chambre de Nikki et je l'ai vue allongée là. Quand je suis entrée, elle m'a demandé pourquoi je n'avais pas frappé en premier. Lorsqu'on m'a demandé pourquoi mes parents n'étaient pas encore à Hawaï pour une situation d'urgence, j'ai répondu "Ils ont dit qu'il y en avait un !". "Merci pour l'information et vous pouvez maintenant partir", a-t-elle déclaré. Au lieu de franchir la porte, je me suis allongé à côté d'elle et je l'ai embrassée à la place. Lorsqu'elle a crié "Sortez !" J'ai répondu que je ne bougerais pas tant que tu ne m'aurais pas pardonné d'abord ; ce à quoi elle a répondu : "Excuses acceptées. Maintenant, sortez !" Je lui ai tapoté le front, j'ai senti de la chaleur s'en dégager et j'ai demandé : « Est-ce que ça va ? « Nikki ? » J'ai encore murmuré ; Je l'ai rapprochée et j'ai placé ma main contre son cou avant de crier : "Merde, Nikki, tu es malade !" Immédiatement après mon retour du rez-de-chaussée, je suis rapidement monté à l'étage chercher des médicaments et de l'eau avant de

remonter rapidement dans la chambre de Nikki. "S'il te plaît, prends ce médicament, cela peut aider", lui ai-je murmuré à l'oreille. Elle se leva, prit la dose, puis se recoucha glacée. Quand elle m'a dit qu'ils pouvaient se débrouiller seuls maintenant et qu'ils pouvaient partir sans que je sois là, elle m'a demandé pourquoi je resterais alors que tu voulais que je parte de toute façon ? Ce à quoi j'ai répondu en retour. Finalement, elle s'est endormie sans même s'en rendre compte dès qu'elle l'a fait... J'ai ri doucement à côté d'elle mais je n'avais pas réalisé que moi aussi j'allais succomber.

CHAPITRE 4

Le point de vue de Nikki

Quand je me suis réveillé et que j'ai vu Nick dormir à côté de moi, mon mal de tête et mon rhume persistent. Alors je sors doucement du lit avec précaution pour ne pas le réveiller. Malheureusement, il était trop tard, dès que j'ai salué "Bonjour Nikki", Nick est arrivé en courant à côté de moi avec "Qu'est-ce qu'on fait aujourd'hui, Nick ?" Ma réponse? "Euh... Rien." « Une bonne chose le matin, c'est que nous nous levons toujours, au fait, ça va ? » » a demandé mon meilleur ami avec une véritable inquiétude. Quand j'ai répondu que cela n'avait pas d'importance que je ne le sois pas, il a fièrement annoncé : "Peu ou tard, nous redeviendrons amis", ce à quoi j'ai répondu : "peu importe !" Eh bien, il avait raison, mais je ne l'ai pas reconnu au début. "Hé, tu veux prendre le petit déjeuner ?" » était sa question, m'incitant à faire cette hypothèse sur le pourquoi : comme dans : vous allez me cuisiner de la nourriture en guise d'acte de pénitence pour ce qui s'est passé sur le rivage hier ? En entendant cette réponse – ce qu'il n'avait pas prévu – « Blah ! J'ai ri avec dédain avant de répondre : "Blah !" Et toute cette conversation s'est terminée aussi vite qu'elle avait commencé : aucune excuse de sa part... et juste ça. " " Attends ? Et où ? » ai-je demandé avant de finir : continuez-vous à le rembobiner dans votre esprit ? s'enquit-il. J'ai répondu : « BRUT ! Non ! Je pensais que ce type était fou ! Lorsqu'il a répondu : « Vraiment ? ce à quoi j'ai répondu : « Shut The Hell Up ! » quand ses lèvres devinrent douces alors qu'il souriait en signe d'approbation ; eh bien, ce baiser n'était pas si mauvais ; ne me dis pas que tu veux ce BAISER, " son sourire souriant confirma que c'était mon premier. Mon meilleur ami était mon premier baiser ? " Embrasse ta petite amie ! J'ai faim!" M'exclamai-je dans ma colère. Sa réponse? Courir vers la cuisine et prendre des céréales et du lait avant de prendre notre petit-déjeuner en silence avant de placer silencieusement nos assiettes dans le lave-vaisselle... Quel silence gênant c'était. Jusqu'à ce qu'il commence à me poser des questions pendant que je marmonnais « Hmm ? : "Je suis dessus !" puis je me suis dirigé droit vers lui pendant que je le suivais : "Hé ! Comment se passe votre vol ?" - qui EST cette personne de toute façon ? Alors que je suis entré, MYKA est apparue à la porte ! "Bonjour Nikki ! Bonjour", a-t-elle salué avec un bonjour trop amical. Quand j'ai répondu "Bonjour", Myka a répondu par: "Oh Nick Bébé, tu me manques tellement..." Son ton de voix a confirmé mes pensées - elle semblait triste de pouvoir "Oh, Nick, bébé, tu me manques tellement..." soupira-t-elle doucement. "Tu me manques encore plus, bébé", répondit Nick avant d'embrasser Myka sur les lèvres, ce qui me fit plisser les yeux. " Avec surprise. Avant que Nick ne puisse répondre, Myka lui donna un autre bisou, ce qui me surprit encore plus. Avant que Nick ne puisse répondre, Myka lui donna un autre bisou sur les lèvres, ce qui me fit plisser encore plus les yeux sous le choc. " BONJOUR ? Sommes-nous debout ici ? " » Myka s'enquit gentiment en invitant Nick à faire le tour de leur village car celui-ci lui paraissait assez grand. Nick m'a demandé si j'étais sûr de sortir avec Nikki. Ma réponse : oui. "Eh bien, elle devrait venir aussi !" Nikki lui rendit son sourire. Nick a alors répondu que s'il y avait quelque chose d'urgent, il devrait prendre du temps seul au lieu de venir avec nous. À cela, j'ai répondu « Oui » à sa question de savoir pourquoi ne pas le faire rejoindre. Myka semblait inquiète, exprimant ses inquiétudes à Nikki alors qu'elles essayaient toutes les deux de décider si nous pouvions rentrer plus tôt. "C'est bon ! Je n'ai pas besoin de baby-sitter et je dois assister à la fête de mon ami de 8e année", lui ai-je expliqué. Nick a demandé si nous pouvions partir sans que vous vous laissiez derrière vous ; donc comme tu n'avais pas encore fait ta part ; "Je suppose que je dois partir maintenant, m'amuser et m'amuser", fut ma réponse.

Nick m'avait demandé d'oublier le baiser car Myka resterait avec nous ; mais comment pourrais-je oublier quand c'était mon premier ? En ouvrant mon MacBook, j'ai vérifié à nouveau mon courrier : Mich avait envoyé une note ! Oh, elle me manque tellement; Mich était l'un de mes amis les plus proches en 8e année.

MICH : Bonjour Nikki ! Êtes-vous prêt pour la fête de ce soir ?

Moi oui! MICH : Et n'hésitez pas à emmener Nick, car cette fête sert de réunion de classe de 8e !

Moi non! Nick est avec son partenaire.

MICH : Ça a dû être dur !
MOI : Pouvez-vous développer ?

MICH : Alors tu aimes Nick ?

MOI : Pas question ! Nous étions juste proches.

MICH : Vraiment ?! Mdr! D'accord! D'accord! N'oubliez pas ce soir à 20h, nous avons une autre séance de jeu.

MOI : Ouais ! Ouais! Mais mon problème est que j'ai besoin d'un taxi... HAHAHAHA !

MICH : Nikki peut-elle conduire toute seule ?

MOI : Personne ne te force ! S'il vous plaît, venez me chercher !

MICH : Comment pouvez-vous vous attendre à ce que j'abandonne mon propre parti ?

Moi : Ah oui ! mdr! MICH : Ouais. Laisse-moi appeler Mike maintenant.

MOI : Pourquoi cela m'aiderait-il ? MICH : Laisse-moi lui demander ! D'accord! J'adore ouais ! Bisous bisous

MOI : Non... Et Mich a signé ! Certainement! Pour ceux qui ne le connaissent pas, MIKE était mon béguin en huitième année ; Lorsque notre relation a atteint son paroxysme, NICK, étant le meilleur ami le plus protecteur possible, l'a frappé à mort et m'a immédiatement renvoyé chez moi, disant à mes parents que je parlais déjà à des garçons ! Il a fait un travail remarquable en protégeant son béguin ! Après que cela se soit produit, Nick et moi sommes devenus comme des jumeaux siamois ; alors que Mike a décidé de m'éviter ! COMMENT DILECT !

"Qui est là?" J'ai demandé à Myka en ouvrant la porte. Quand Myka a répondu : « Nikki est ici », je les ai invités à entrer et nous nous sommes tous les deux assis sur mon lit pour prendre un thé pendant qu'elle s'installait dans mon fauteuil violet. Soudain, elle a demandé à me parler ; ma réponse : "Bien sûr ! Et à propos de quoi ?" "A propos de Nick", dit Myka avant de retourner la conversation vers elle-même. Que s'est-il passé ensuite ? » ai-je demandé curieusement. « À propos de Nick ? » dit Myka alors qu'elle répondait avec des informations sur qui d'autre était impliqué en plus de lui-même ? dit-il avant de demander à revenir : lui et elle ont révélé des informations concernant une autre personne impliquée qui était impliquée. Je ne suis pas présent : Nick qui ? » Mais sa présence venait de me laisser bouche bée : ma chaise préférée venait également d'arriver ! Quand Myka a parlé de ses numéros de téléphone, elle a décidé de lui ce jour-là, cet après-midi-là ? " a-t-elle demandé, elle a dit qu'elle avait mentionné qu'il était présent au nom de qui ? " lui a demandé pourquoi. il a ensuite mentionné quelque chose concernant Nick ! Pourquoi?", a-t-il répondu en essayant de le rencontrer? Il a semblé anxieux de répondre que c'était à propos de lui: que dois-je? Il a donné des informations sur sa situation à son sujet! Il a donné quelques détails sur ce que cela était censé m'être? il a répondu comme étant un gars tellement incroyable ! » Qu'est-ce qui avait exactement provoqué un tel ton de colère à son sujet !", la lança-t-il - puis lui demanda. Elle voulait quelque chose d'où ils voulaient quelque chose !? Il leur donna les deux. Et demanda. Elle voulait parler... "Tout à propos de lui ? " Il lui a donné. Et lui ? " ai-je demandé ? Il a dit (le sien ?) lorsqu'on lui a demandé dans sa position... J'ai demandé ? Mais elle a continué à poser des questions, à propos de Nick (le gars qu'elle lui a demandé ?" Et... Et bien, qu'en est-il de lui ? Avant ? " Elle a demandé : " Mais lui exactement " Et... alors ? " Elle a déclaré ?. ..Quoi exactement ?" Mais elle ? elle ? Pourquoi demande-t-elle...?" Quoi exactement ?... Que s'est-il passé...? Mais là ???". Mais ils le feraient ? Que s'est-il passé là-bas ?) Il.. ....?"....?!? (whi?). Et moi, tout ça !?!! Pourquoi pas elle). "quoi ?" Mais...?!). .. quoi ??). Eh bien...?!?" Il ?....???!!??!) Qui alors...??."Mais ?"... " Quoi exactement ?" "qu'en est-il de lui?" Elle a commencé??! Elle? quoi ??" Quoi exactement ? " elle ??) avant?"?" Quoi ??)"Il/elle avant ?)?"... Il/était censé... eh bien" ??" alors ?) a dit...!??) jusque-là ?!?"Quoi?"?").???" alors?" Quoi exactement?""?... (?)!"? Ce particulier ??? (?) " Que pouvait-il ? "... ? " Il est entré ? ". Elle/il ??" Et alors ??"!??" Que s'est-il passé ?" Eh bien, alors ? Pourquoi était-ce/lui ? » "quoi exactement ? (ou alors. Qui/elle a dit..." quoi"... eh bien alors ?" "Lui alors... ??" Eh bien alors ???) "Eh bien, pourquoi exactement étaient-ils ??" Que s'est-il passé... Eh bien ?!?!) alors ??!?) a demandé.....) Eh bien ??) alors ? » Et alors !) « Oh !?) et alors ?) Alors ?) .C'est quoi... "...?" "Poule???) "Eh bien..?) quoi ?""...?!?) "Eh bien...?" alors...??) ". alors ??" Enfin?"?!"?"...?) quand/WHIN" avant ??"..... que s'est-il passé exactement où?".....?" a dit... ??" (ain ? " Quoi ? " Eh bien ? " " " Eh bien, " commença-t-elle, " vous étiez amis avant et maintenant je veux que vous sachiez que je suis maintenant sa petite amie... " Je l'ai coupée. "S'il te plaît, reste-en au fait", j'ai souri en retour ; "Je veux que tu l'évites autant que possible ! » C'était tout ce qu'elle pouvait crier en réponse. "Pourquoi ?" J'ai demandé, alors qu'elle était toujours en mode choc. Elle a répondu avec , "Je n'aime pas que tu sois à nouveau son premier et que Nick nie tout intérêt romantique pour toi", ce qui m'a laissé sous le choc. J'ai crié après avoir entendu cette nouvelle : "Excusez-moi ? Whoa !" et elle a immédiatement commencé " C'est pour quoi tous ces cris ? " demanda Nick. Myka répondit : " Je voulais juste lui parler mais elle a commencé à me crier dessus sans raison apparente, mais ça va, bébé. " Elle a ensuite menti sur qui elle était vraiment. était pour que Nick ouvre ma porte immédiatement et reprenne ouvertement la conversation avec mes camarades de classe : MENTEURS ! Nick est alors rapidement sorti de ma chambre dès que j'ai entendu des pas approcher et l'a rapidement ouverte sans hésitation : Qui a crié en premier ? » s'est interrogé. Nick s'est retourné avec colère et a demandé : « Quel est ton problème Nikki ? Mais Myka a tenu bon : elle n'a tout simplement rien fait de mal et voulait une commande de pizza de Nick pour Myka qui avait besoin de se réconcilier avec Nikki - "Tout va bien Nick ! Peux-tu nous en commander s'il te plaît ; j'essaie juste de me réconcilier." Myka a insisté tout en disant à Nick de ne plus crier, l'avertissant "D'accord, plus de cris". Après quoi, Nick nous a laissés tous les deux derrière lui et est parti seul commander notre livraison de ladite pizza à Nick qui nous a rapidement tous laissés en commander une lui-même avant de revenir plus tard pour sa livraison dudit service de livraison de pizza depuis un endroit à proximité qu'il a trouvé de son propre chef. . "Tu n'es pas aussi génial que tu le penses, n'est-ce pas ?" Je lui ai demandé. "Tu devrais rester loin de Nick, sinon..." continua-t-elle d'un air suffisant. "Nick me choisira probablement à ma place !" Mais cela n'avait pas d'importance pour elle – elle se souciait seulement que Nick la choisisse ! "Il est tout à toi, biyatch !" J'ai crié. Répondit-elle en souriant. Je lui ai dit que tout était fini et je lui ai dit que ce serait bientôt le cas ou que je commencerais à lui frapper le cul. Après quoi, elle est sortie en trombe de ma chambre en claquant ma porte avant de descendre en courant - comme s'il y avait une bonne raison pour laquelle elle devrait demander à être proche de son petit ami !

"Que faites-vous ici?" C'est ce qui a franchi ma porte avec un regard furieux de Nick ! Dès qu'il l'a fermé et verrouillé derrière lui, je l'ai juste regardé confusément - et lui ai demandé "Pourquoi es-tu ici ?" "Une fille comme elle ne serait-elle pas heureuse dans de telles conditions ?" « Comment se fait-il qu'elle soit ici ? « Qui sont ces gens et pourquoi sont-ils ici ? "Que faites-vous ici?!" "Qu'as-tu fait à Myka ?" » demanda l'homme avec colère. J'ai nié toutes les accusations selon lesquelles j'avais fait quoi que ce soit, à sa colère. Lorsque Myka a protesté contre le fait de rester chez nous, il s'est de nouveau mis en colère, lui criant quelque chose qui lui a fait comprendre : elle en avait assez. Plutôt que de battre en retraite, "Va rester chez toi ; ne ment pas sur mes actions ; arrête de mentir Nikki ! Elle nous l'a tous demandé !" "Attends ! Reste là ; Myka a menti !" » a crié un autre mâle. "Va rester là ! Espèce d'idiot !" J'ai crié à Myka qui semblait choquée et incrédule face à leurs affirmations sur ce qui se passait réellement. "Alors, tu me dis qu'elle ment et tu ne le fais pas ? Pourquoi je te croirais ?" Il a fait part de son objection directement et cela m'a fait un coup au ventre ! J'ai essayé de m'expliquer mais j'ai été interrompu avant de terminer ; "Je ne vous demande pas de me croire ! J'énonce simplement des faits !" Cependant, sa réponse a coupé court à mon explication en criant : "Eh bien, je pense que nous devrions rester chez moi !" À mon grand soulagement, j'ai accepté et j'ai quitté sa maison seul : "Très bien ! Va-t'en ! Pas besoin de conversation !" il cria. "Très bien ! Partez !" Je me suis dit et je suis parti. "Bien ! Allez ! Allez !" J'ai alors répondu : "Très bien !" et partit sans un second regard de sa part : "N'ose pas revenir !" J'ai prévenu Nick. Sa réponse ? Il préférerait rester avec Myka plutôt que de rester son ami - BOUM ! C'était ça! Et avec cette déclaration est venu sa réponse : « Je préfère la choisir plutôt que toi », et sa porte s'est ouverte et Myka et Nick sont partis, avec Myka souriant bêtement derrière eux !

Myka avait demandé et nous nous sommes éloignés de la maison de Nikki. Une fois dans ma voiture, elle a exprimé son inquiétude quant au fait que nous devrions laisser Nikki seule pendant un mois : elle m'a demandé si j'en étais sûr, tandis que j'ai répondu avec colère "Ouais ! Nous ne sommes plus les meilleurs amis". Que se passerait-il si ses parents se mettaient en colère contre nous parce que nous avions choisi quelqu'un d'autre plutôt que Nikki ? " " Ne t'inquiète pas pour ça, quoi qu'il arrive, je te choisis toujours ! " fut ma réponse à Myka qui l'a chassée de leur conversation :

MOI : Bonjour Myka, tu vas bien ?

Myka vient de recevoir un ultimatum de Nikki : rester loin d'elle.

MOI : Attends... est-ce qu'elle est folle ?

MYKA : Pas besoin de se mettre en colère bébé. C'est ta meilleure amie après tout.

MOI : Même si elle est ma meilleure amie, je ne laisserai personne te faire du mal.

MYKA : Donc, si je reste ici chez vous, puis-je simplement louer la chambre ?

MOI : Les parents de Nikki m'ont dit que je devais rester avec elle.

MYKA : Eh bien, ça va ; Je vais juste rester seul chez toi.

MOI : Non. Je préfère être avec toi.

MYKA : Que veux-tu dire ?
MOI : Eh bien, comme elle a vécu ici pendant si longtemps, elle sait où elle devrait aller.

MYKA : Oh Nick, je t'aime tellement
MOI : JE T'AIME AUSSI
Comment a-t-elle pu gifler ma copine ? Nous sommes rentrés directement chez nous et sommes arrivés dans les 10 minutes. Sortis de ma voiture, nous sommes allés sur mon porche où nous avons échangé des plaisanteries avant de nous diriger vers le dîner ensemble. "Bébé ? Que devrions-nous faire ce soir ?" lui ai demandé et j'ai répondu : "Hmm ? Qu'est-ce que tu aimerais faire ce soir ?" "Je suis fatiguée", répondit sa réponse. "Commandons simplement une pizza et regardons un film", suggérai-je, ce à quoi elle hocha la tête avec enthousiasme. Nous sommes ensuite entrés dans ma maison et sommes montés à l'étage ; elle a posé mon lit en souriant avant de me demander : "Tu veux ?" "Rien, enlève juste ton pantalon" suggéra-t-elle en souriant ; encore une fois, je ne comprenais pas jusqu'à ce qu'elle les enlève elle-même avant de demander pourquoi : « pourquoi ? j'ai répondu que tu devais être fatigué. Une fois qu'elle a hoché la tête, je l'ai entendue prendre une douche ; entendre ce son m'a conduit en bas pour commander une pizza

[Cette semaine, alors que j'étais en vacances, j'ai été choqué d'apprendre que mon premier compte avait été supprimé par un inconnu ! Cela a vraiment fait ma semaine ! À ces lecteurs, je dois des excuses. Quoi qu'il en soit, je suis toujours en train de télécharger et mon nom d'utilisateur habituel, écrivain07, ne peut plus être utilisé, donc twriter26 a été choisi comme nom d'utilisateur alternatif].

CHAPITRE 5

Le point de vue de Nikki

Il était 20 heures et Mike n'était pas arrivé. J'ai attendu encore 5 minutes quand la sonnette a sonné. Lorsque j'ai ouvert la porte, j'ai vu un monsieur extrêmement agréable et élégant avec des yeux noisette assortis ; une silhouette idéale avec une hauteur d'environ 6'1 ou 6'2, ainsi que des mèches blondes sales ! "Hé Nikki, ça fait longtemps que je ne vois pas !" a été accueilli avec un sourire invitant. J'ai répondu que je n'étais pas sûr de qui il était mais qu'il avait l'air familier - "Tu ne te souviens pas de moi ? Mike !", fut sa réponse. Comment pourrais-je me souvenir de quelqu'un d'aussi radicalement changé ? La dernière fois que je l'ai vu, il était plus petit que moi, sans abdos ! "Vraiment ? A-ah ! As-tu beaucoup changé ?" fut ma réponse surprise. Sa réponse ? Les gens changent tout le temps, y compris vous-même ! Son sourire était tout simplement délicieux ! Alors, étions-nous prêts ?" fut sa demande. Ma réponse ? Oui - même si au début j'ai pensé que vous ne seriez peut-être pas là !", le taquinai-je. "Pourquoi devrais-je le faire?" fut sa réponse, avant de me conduire vers sa voiture Black Ferrari ; c'est certainement le grand moment ! Une fois à l'intérieur, il s'est dirigé vers le siège conducteur et a démarré le moteur avant de me dire : « Alors, j'ai entendu dire que Nick était arrivé ». Ce à quoi j'ai répondu : « Ouais », puis j'ai continué : « Mais où est-il ? ». "Je pensais que Nick et toi finiriez ensemble", sourit-il, avant de répondre que cette idée me paraissait insensée. Nick a déjà une petite amie, et sans compter qu'il passe du bon au mauvais presque quotidiennement ! Lorsqu'on m'a demandé si j'avais eu des partenaires amoureux depuis la naissance (depuis la naissance ?), j'ai répondu non - car en fait, mon seul lien a été ma mère, ma seule source de réconfort émotionnel ! Comment est-ce possible ?" m'a-t-il interrogé davantage avant de demander. "Eh bien, je n'en ai pas. ". "Pourquoi a-t-il pensé cela ?" lui a-t-il demandé. Comment est-ce possible ?" J'ai répondu avant qu'il ne me demande avec surprise : "Tu es magnifique ! Non ! Je veux dire magnifique ! Merde ! Je ne connais pas le bon mot pour te décrire", s'est-il exclamé, alors que je rougissais maladroitement en sa présence et me détournais rapidement pour que pour lui cacher mon rougissement ! Notre conversation s'est terminée là et un silence gênant a rempli la voiture. "Pourquoi?" J'ai demandé. Mike a répondu : "Rien ! C'est juste que tu es toujours très belle". Il a souri avant de retourner dans son immeuble et de fermer à nouveau les yeux derrière son dos. "Pourquoi fais-tu ça?" J'ai demandé; sa réponse est venue rapidement : "Je meurs d'envie de t'embrasser depuis la 7e". Pendant que nous riions tous les deux, nous échangâmes des regards confus ; ni l'un ni l'autre ne semblaient sûrs de la raison pour laquelle cela s'était produit. Lorsqu'on lui a insisté davantage, il a répondu que "cela ne sert à rien". Cependant, s'il y a quelqu'un vers qui je pourrais me tourner... "Non ! Nous venons de rompre", ce qui a causé beaucoup de souffrance intérieure. Alors que ses excuses signifiaient plus pour moi – « tout va bien ».

La fête de Mich était pleine de visages familiers de ma 8e année. Roland, un de mes camarades de classe de Roland a dit quelque chose dans ce sens ; Mich a également ri et a taquiné Nikki en lui disant qu'elle était toujours la plus belle extraterrestre de tous les temps ! Ils ont échangé des salutations à l'époque alors que nous entrions. Nikki est toujours belle. " a déclaré Roland à propos de Roland qui m'a dit quelque chose de similaire lors de cette fête. " Nikki, tu es toujours belle. " a répondu Mich et a ensuite taquiné Roland à nouveau en lui disant qu'elle était toujours le plus bel extraterrestre de tous les temps. "Ouais !", s'est exclamé Roland avant que Mich ne plaisante avec un autre rire : "Oui !" "Ouais !", a répondu Mich en riant, réaffirmant le commentaire de Roland avant d'ajouter ses propres commentaires : "Nikki et elle l'est toujours !" Nous sommes ensuite entrés dans la fête de Mich et je me suis retrouvé accueilli par de nombreux visages familiers de la classe de 8e : Roland a dit à Roland qui a dit, remarquablement, "Ouais !", s'est également exclamé Mich avant de s'exclamer que Nikki s'accrochait toujours à sa belle extraterrestre avec laquelle il était une fois de plus. "Ouais! elle est toujours la plus belle extraterrestre!" Taquina Mich; puis ajoutant en riant que Nikki "Ouais! elle est toujours la plus belle extraterrestre qui a toujours conservé son titre bien sûr", tout en donnant le titre et en la taquinant à nouveau, "Oh, elle est toujours très définitivement extraterrestre après tout" avant de partir quitter mon camarade de classe Roland en disant qu'elle était toujours aussi belle extraterrestre taquinée "Nikki est toujours aussi belle...!" (a). Enfin.... "Nik !" en tant que camarade de classe en 8ème !" et elle a continué à bronzer, se faisant toujours taquiner !" après moi", a taquiné Mich avant de dire "Oui !" comme un de plus en le disant... ouais!" avant de le dire à tout le monde"! C'est toujours le plus bel extraterrestre". Finalement "Elle est toujours extraterrestre !" Encore une fois !! Oui !" et a taquiné sa blague. Mich a ajouté un autre "C'est la plus belle extraterrestre". Je l'ai taquiné; qui est parti!!". (après tout!" Elle l'est toujours." Nikki au cas où; ouais!" "Il est toujours!"). puis après un autre, il a taquiné Mich après "Yeanly". "Ouais" alors!" ... "Vous". mais a ensuite ajouté plus tard "Elle savait déjà qu'elle l'avait taquiné." Et tout". Et là...!" "Oui!" j'en ai ajouté un!".... Oui!"...."!"..) par tous!"T" Taquiné Mich "Ça!"!"." a dit...!!!!!!!!!........"....."Ouais!"..... "Oui!" Enfin!" taquina Mich, taquina le plus bel extraterrestre !" "Oui !", aussi !" comme d'habitude!" Tan "!... mais, "Oui!". Ouais!" Et puis!"......!"" "Là". (Oui!" "...Ohhhh!"). Enfin. Elle reste toujours !! "Il a plaisanté plus tard) Enfin! Elle est toujours," T!"....Mais... "Oui!".). Enfin !."Ter ! Enfin !" "Oui!" Enfin!" "OUI!!!!) avant de finalement terminer "Oui!!!!""... "Celui-là." encore!".) mais....Oh!!!" "y!! "...!"......!." Oui!!!) "OUI!" Miche taquiné!".)........!" Enfin!" Taquiné Mich!" "Oui!"."........!"......"..." "OUI!" mais.....OUI!" et elle est vraiment toujours la plus bel extraterrestre", Teased Mich!"....... mais Un aussi."!! (T!!!!" avec "Oui!!!."!) "L'espèce inconnue a parlé!", J'ai taquiné en retour. Tout le monde a ri; certains ont commencé à danser tandis que d'autres se sont même embrassés! BRUT! Mike a demandé: "Nikki, c'est toi d'accord?" et quand j'ai dit oui, il a insisté sur le fait que j'étais déjà ivre, mais à la place il a dit quelque chose du genre "Ne vous inquiétez pas, je peux me débrouiller tout seul!". Je lui ai assuré que je pouvais. Mich a brusquement arrêté notre histoire lorsqu'elle l'a informé. moi, elle avait invité Nick et sa petite amie. Ce à quoi j'ai répondu que c'était génial et j'ai demandé quel serait le problème d'avoir Nick ici; Mike m'a interrompu et a répondu "rien, nous avons juste une dispute à cause de sa petite amie menteuse/garce". ce à quoi Mich a répondu "n'oublie pas !" ! Nous avons continué à partager des histoires. Jusqu'à ce que Mich m'attrape pour m'annoncer la nouvelle : Nick est arrivé avec sa petite amie - à mon grand dam ! "Super ! » Je me suis exclamé avant que Mich ne dise cela. elle a invité Nick et sa petite amie à leur pendaison de crémaillère ; alors que nous partagions d'autres histoires, Mich a dit qu'ils avaient invité Nick (invité par Mike). "Il m'a demandé pourquoi j'étais choqué : il n'y avait rien contre l'invitation de Nick mais maintenant", ce qui était logique étant donné le conflit entre nous... "Eh bien, cela justifie d'inviter Nick à être ici ?" J'ai répondu en répondant de la même manière tandis que Mike intervenait en disant ils ne sont juste pas d'accord sur le fait de se disputer au sujet de l'avoir amenée ici, auquel cas, eh bien... "Eh bien..." elle se dispute juste à propos de leur petite amie garce et menteuse ; c'est tout. " Mike l'interrompit. Mike l'interrompit à nouveau "Rien ! Rien ! Juste une dispute à cause de ses mensonges à notre parti." J'ai alors répondu. Mike l'interrompit en ajoutant, en déclarant quelque chose... Il a interrompu et répondu dans cette conversation avant que la dispute ne se produise, bien sûr ! lignes... nous avons juste une dispute à cause de son partenaire garce qui ment de cette façon !" Mike l'interrompit. "Nous avons juste une dispute à cause de lui ici!" petit-ami menteur. " J'ai répondu... " Nous venons juste de nous disputer ! " C'est bon alors ! " nous avons juste une dispute à propos de ses mensonges" a-t-on répondu. Pas de soucis" a ajouté avant de dire autre chose " "non." Nom de Don".... "Rien ! rien !" "Nous avons juste une dispute à cause d'elle". Mike l'interrompit et ajouta avant d'ajouter, aucun argument sur le cours à son sujet parce que son lialthing ". Mike. Rien!" avant de dire quelque chose."!On a juste une dispute parce que bien sûr; il y a cette petite copine garce!"....." La véridique...! Elle va"ce qui a tout causé!"o" a ajouté..... J'ai déjà répondu." (ou soi-disant petite amie !.....nous avons juste..." (ou autre), dans lequel...il...!". Il a une dispute à cause d'elle !" J'ai répondu avant. ... nous avons tous juste eu une dispute... Je m'ai dit dans lequel ils l'avaient eue ! mais quelque chose qui a causé............. "n'est que parce que quelqu'un comme ça... " J'ai répondu à l'époque!"......".......!... Le truc...! Il l'a interrompu, même si nous nous sommes impliqués à cause d'elle ! "Rien !..... " Eh bien........." (ou... "Rien!"...!""..........!"!)." a dit ça là"...... .". Mike l'interrompit... (aa)". "Rien..........."......!....."!" mais un autre..." parce qu'elle" , l'interrompt...!" Eh bien, tout...." mais de toute façon!" Ça l'a fait!") alors." Il semblerait que nous nous disputions juste parce que"... "L........, parce que ! venait seulement de commencer !!) Elle a compris"......." J'ai répondu" mais là !).........." nous venons d'avoir... "juste en désaccord.), Mike l'interrompit encore!"......". Et nous avons juste quelque chose"......... mais....."." Il a déjà mentionné quelque chose !" Mike l'interrompit...." nous avons quelqu'un comme qui a toujours juste...... l".... etc" ! !", Mike tout à coup!". Juste... nous avons juste une dispute à propos de "Mich a encore ri. "Alors, est-ce vraiment là le problème ?", m'a demandé Mich avec un sourire. J'ai roulé des yeux. Mike s'est enquis de ma jalousie; ce à quoi j'ai répondu par la négative. Mich m'a demandé pourquoi cela s'était produit et j'ai répondu : " Parce que, comme vous le savez, j'attendais son retour... " " Pourquoi ? " Mich a demandé plus loin ? " Eh bien ", c'est tout ce que j'ai dit... "C'est juste... eh bien..." J'ai admis que mes sentiments envers moi-même s'étaient renforcés avec le temps, expliquai-je. Mich a posé des questions plus approfondies lorsque Mike lui a posé des questions sur Mike. Mike a demandé plus loin... ce qui a abouti à "Pourquoi" Mich a demandé et a répondu, "Parce que... eh bien..." Mich a demandé pourquoi. " Ce à quoi il a répondu : " Il ne reviendra pas ici pour raconter à tout le monde " J'ai pleuré, me sentant trahi. Quand Mike m'a demandé si j'étais jaloux - ce à quoi j'ai répondu par l'affirmative. Mich a suggéré de le lui dire et a suggéré d'en parler à sa petite amie. Mais cela n'avait aucun sens puisque j'étais son meilleur ami ! " "Comment?" ai-je répondu - puisque nous n'avions pas parlé depuis le printemps dernier ! " " Cela ne ferait que provoquer encore plus de drame ! " J'ai répondu avec indécision. " Il ne m'aime pas comme ça ! Peut-être que ce serait mieux si je pars", ai-je suggéré. Mich a crié en réponse qu'il n'y avait aucun moyen. Avant que je puisse répondre, j'ai senti un bras attraper ma taille; quand j'ai regardé autour de moi pour voir de qui il s'agissait, j'ai vu Mike sourire pendant qu'il me disait " Jouons au jeu alors ! " Mich sourit avec enthousiasme tandis que Mike souriait d'un air entendu : " Ce soir ! Nous saurons si Nick a des sentiments pour toi ! » Mich sourit à nouveau mais Mike sourit aussi : « Nous ne le saurons jamais à moins d'essayer ! » Mike sourit joyeusement avant de me laisser debout.

Il m'a tiré vers la piste de danse ; a enroulé ses bras autour de ma taille et a dirigé mes pas de danse. Mich a ensuite joué une musique douce qui s'est progressivement adoucie avec le temps ! Ensemble, ils sont tellement merveilleux ! Mike a souri et j'ai souri en retour. Mais soudain, nous avons senti des yeux perçants nous observer par derrière ; dès que j'ai eu envie de me retourner, j'ai entendu Mike dire : "Ne te retourne pas encore, il nous regarde avec un air furieux !" Mike rit avant d'ajouter : "Merde ! Peut-être qu'il est énervé parce que son meilleur ami danse avec des garçons comme autrefois ?" J'ai demandé et Mike a répondu. « Il est peut-être jaloux maintenant ! Nick a répondu incrédule, avec des regards tout à fait différents maintenant qui m'ont mis légèrement mal à l'aise. J'ai ri intérieurement pendant que Nick demandait la permission de m'embrasser ; Sachant que cette expérience visait à déterminer si Nick m'aimait vraiment plus qu'en tant qu'ami, j'ai accepté. Mike m'a embrassé doucement mais passionnément, se mordant doucement la lèvre inférieure pour entrer ; sans hésitation ni hésitation j'ai accepté sa demande et nous avons tiré rapidement en souriant rapidement aux mots de l'autre : "Tu n'embrasses pas mal" dit Mike et "Toi non plus", j'ai répondu en souriant avant de rire ensemble car nous ne parvenions pas à trouver Nick plus ; "Où est-il ? demanda Mike." "Je cherche aussi, mais je n'arrive pas à le trouver" répondit Mike avec inquiétude. Quand je lui ai demandé pourquoi il faisait cela, il a souri : « Je voulais juste aider ». A ma question "mais pourquoi l'aides-tu au lieu de toi-même, pour que nous puissions tous les deux obtenir ce que nous voulons ?" "Non ! Je ne te mérite pas Nikki". Il sourit encore avant d'ajouter : "Nick et toi formez le couple parfait pour moi, j'espère qu'on se reverra plus tard !" Il est si gentil ! Mais où est passé Nick ? Myka n'arrêtait pas de parler avec d'autres gars donc je ne le trouvais nulle part ! "Pourquoi?" » demanda le type mystérieux. J'ai répondu qu'il n'y avait personne autour qui pouvait donner un sentiment aussi excitant. À mon grand étonnement, cette étincelle incluait des packs de 6 hard rock qui se profilaient dans mon dos - j'étais sûr que quelqu'un d'autre devait les posséder !" "Qui êtes-vous ?!", ai-je demandé avec curiosité. "Vous savez que vous n'êtes pas censé boire ! " a déclaré l'homme mystérieux. J'ai pris trois shots et j'ai commencé à les abattre tous rapidement avant de crier : " Tu ne peux pas s'il te plaît lâcher prise ? " J'ai supplié. Il m'a rapidement laissé partir et quand je me suis retourné pour regarder en arrière, il est rapidement parti. encore une fois, mais comme il faisait sombre, j'ai de nouveau vu la fille servir des boissons ; j'ai pris quatre autres shots rapidement avant de voir l'un des gars mystérieux attraper et poser la boisson sur une table. "Quel est ton problème, mon garçon ?", lui ai-je demandé. "Pourquoi sont-ils tu bois?" m'a demandé l'homme, alors que je continuais à boire sans explication. À quoi, j'ai répondu qu'il n'y avait pas besoin d'explication et que je ne voulais rien d'autre que de faire ce que je voulais sans avoir besoin de l'approbation de quelqu'un d'autre ! Il m'a attrapé pour aller aux toilettes ; même si mes forces m'empêchaient de le retenir, je me suis quand même laissé emporter jusqu'à notre destination où nous avons retrouvé NICK lui-même !

POV DE NICK :
En la regardant embrasser un visage familier, mes sentiments sont devenus glacials : jalousie, colère, folie et surprise à la fois ! Pour des raisons que je ne connais pas mais avoir déjà une petite amie est difficile ; mais pas très profondément. Depuis que j'ai vu Nikki, il semble que je puisse nous imaginer rester ensemble pour toujours, même si je ne l'admets pas car elle me déteste tellement parce que le rejet fait mal ! Cependant, lorsque Myka a commencé à parler à d'autres garçons, je n'ai ressenti aucune jalousie ; peut-être parce que ce n'était pas comme si je ne tenais plus autant à elle ! Mais voir Myka parler à d'autres garçons ne change pas du tout mes sentiments - car on dirait qu'elle ne m'aime plus !

Retour à Nikki ; après avoir embrassé Myka et l'homme familier, je me suis rapidement déplacé vers un côté sombre de la maison en espérant qu'elle me rende visite. Quand elle est entrée, je l'ai serrée fort et j'ai senti une étincelle électrique courir dans mes veines ; j'espère qu'elle l'a ressenti aussi ; quelque chose de similaire ne s'était pas produit non plus avec Myka auparavant ! Nikki m'a demandé de lâcher prise, mais quelque chose en moi m'a dit le contraire. Nikki semblait très intriguée de savoir qui j'étais ; même si la nuit semblait très sombre pour que nous puissions converser. Au début je voulais éviter de l'informer, mais après avoir consommé trop de boissons alcoolisées je n'ai d'autre choix que de la traîner vers la salle de bain ! Même si cela peut parfois être gênant, Nikki est peut-être encore capable de marcher, mais elle est devenue faible et étourdie avec le temps. Une fois que nous sommes entrés dans la salle de bain, j'ai allumé les lumières et je l'ai vue avec une expression perplexe ! Vous savez maintenant pourquoi ! "Nick ! Qu'est-ce que c'est !" Elle était clairement choquée ! Lorsqu'on lui a demandé pourquoi elle s'était laissée embrasser par ce type que je croyais être son petit ami, j'ai demandé avec colère "Pourquoi tu t'en soucies ?" elle a répondu simplement par "Pourquoi buvons-nous, embrassés par cette personne. Pourquoi?" J'ai répondu aussi clairement que possible. Elle répondit. "Mais comme tu l'as déjà dit, nous étions les meilleurs amis du monde. Est-ce que j'ai l'air content de ça ?" M'écriai-je. Elle a rapidement répondu : "Oui, je le suis ! Votre maman et votre papa m'ont fait confiance avec leur fille et je ne veux pas qu'ils soient déçus !" cris. J'ai immédiatement remarqué qui parlait à voix haute : c'était moi !" "Qui parle maintenant ?! Regardez qui parle !?" M'écriai-je avec colère. "Ce qui s'est passé, c'est que je viens de contacter ta petite amie qui est malhonnête et lui ai dit que je ne l'aimais pas ! S'il vous plaît, laissez-moi tranquille!", a-t-elle demandé en réponse. À quoi pensais-je lorsque je l'ai rapprochée et que j'ai écrasé mes lèvres contre les siennes? Elle m'a donné plusieurs coups de poing avant de répondre positivement à mon baiser; en enroulant mes bras autour de sa taille, elle a levé ses mains. mon cou ; je me suis mordu la lèvre inférieure pour demander l'accès et elle l'a accordé immédiatement. " Qu'est-ce qu'on fait Nick ? J'ai le vertige et je veux rentrer à la maison", a-t-elle déclaré en marmonnant. Je lui ai offert ma voiture pour le transport de retour à la maison et j'ai immédiatement dit oui - elle a souri pendant que nous faisions l'amour ! Finalement, nous nous sommes séparés : "D'accord ! Laisse-moi te conduire", répondis-je. Myka embrassait d'autres garçons à moitié nus quand Nikki et moi sommes entrés dans la salle de bain et pendant que nous sortions, j'ai soudainement vu Myka se livrer à ce qui me semblait un acte indécent avec un autre. Choqué mais incrédule, j'ai aidé Nikki. en s'asseyant sur une chaise disponible, puis s'est rapidement approché de Myka pour lui demander "Qu'est-ce que tu fais ?." Chose intéressante, je n'étais pas en colère ou dérangé de quelque manière que ce soit par ce qui se passait devant moi. Pourquoi serais-je en colère ? Après tout, j'ai triché sur elle aussi. "Nick! Je ne t'aime plus donc c'est fini !", a-t-elle souri amèrement avant de répondre par : "Qu'est-ce qu'elle vient de dire ?", ce qui m'a laissé perplexe et perplexe. Maintenant, je veux une explication le plus vite possible. "Quand je Je suis rentré à la maison, j'avais l'impression que je pouvais vivre sans toi et j'ai soudainement été bouleversé quand j'ai réalisé que je ne t'aimais plus!", s'est-elle exclamée avec dédain. J'ai mis les deux mains sur son visage avec une forte gifle - puis j'ai crié "Nous sommes c'est fait!" avant de finalement quitter la pièce un instant plus tard. "Non merci. D'après ce que je peux voir maintenant, Nikki avait parfaitement le droit de te gifler ! Voici ce que tu veux!" Dès qu'elle a dit cela, Myka est restée là, bouche bée. Finalement, j'ai porté Nikki comme une mariée embaumée pendant que Myka me regardait avec des yeux écarquillés de dégoût - prête à ce qu'une dispute s'ensuive pour savoir qui devrait baiser. qui ! "BAISEZ-LA ! Eh bien, j'en ai marre de lui baiser le cul !"

Chapitre 6

Le point de vue de Nikki C'est Une fois arrivés chez Nikki, je l'ai réveillée. Mais elle était faible et étourdie – une preuve évidente qu'elle avait trop bu ce soir, même si elle n'avait pas l'habitude d'adopter un tel comportement ! À ma grande horreur, elle s'est allongée sans changer de vêtements avant de s'évanouir complètement dans sa chambre ! Ivrogne stupide ! "Hé", ai-je appelé Nikki alors que je descendais pour un autre verre, seulement pour la voir debout dans le couloir et apparemment en train de boire seule. Elle a marmonné quelque chose à quel point c'était injuste que tu bois seul tout en me laissant là-bas ! Lorsqu'on lui demande pourquoi : « Eh bien, boire, c'est bien ! s'exclama-t-elle et rit comme une idiote. Maintenant, elle était complètement ivre mais je n'étais pas trop inquiet, puisque nous étions de toute façon chez elle ! "Hé ! Pouvons-nous boire dans ma chambre au lieu de la cuisine ! La cuisine est ennuyeuse", m'a-t-elle demandé. J'ai accepté et j'ai pris 12 bières pendant que nous la suivions jusqu'à sa chambre où il est devenu évident qu'elle marchait comme une folle ! HaHAHAHAHA ! Lorsque nous sommes entrés dans sa chambre, elle a éteint les lumières et allumé uniquement sa lampe, créant une atmosphère semi-obscure. Nous nous sommes tous assis pour prendre un verre avant qu'elle n'allume sa télévision et nous avons regardé une émission humoristique divertissante ! "Hé ! Laisse-moi prendre du pop-corn en bas", suggérai-je, ce qu'elle accepta rapidement. Après avoir mis la boîte de pop-corn dans le four à micro-ondes et l'avoir regardé cuire, j'ai apporté le bol dans la chambre de Nikki où elle était allongée en riant... pouah... elle est toujours aussi folle !

"Voici le pop-corn !" J'ai appelé. Elle s'est exclamée en retour : "Maintenant que tu es là, je peux enfin déguster du pop-corn !" et a elle-même pris une autre bière. Quand je lui ai dit de ne pas trop boire, elle m'a répondu : « Pourquoi t'inquiéter ainsi, ma chère meilleure amie ? », ce qui m'a d'abord intrigué ; Cependant, après avoir expliqué que vous venez de m'appeler à nouveau sa meilleure amie, elle a souri en retour : "WTF, est-ce que tu souris ? Pourquoi m'a-t-elle encore appelé sa meilleure amie ?!!" Soudain, nos visages se sont rapprochés si près que je pouvais sentir son souffle sur le mien seul ! Nous avons tous les deux attrapé du pop-corn, mais tout en nous tenant près, nous avons regardé et soudain nos visages se sont fermés alors que nos visages se sont réunis tout en inhalant son parfum alors que nous avons tous deux absorbé son essence de sa bonté savoureuse qui est venue de manière inattendue.

Nos lèvres étaient pratiquement parfaites lorsque nous avons commencé à nous embrasser passionnément et à nous rapprocher lentement jusqu'à finalement nous pencher lentement l'un contre l'autre. Des baisers s'ensuivirent jusqu'à ce que nous nous taisions à nouveau alors que je la déposais doucement sur mon lit pendant qu'elle enroulait ses bras autour de mon cou dans une étreinte. "Nikki", je murmure, alors qu'elle enroulait ses jambes autour de ma taille. Dès que nos corps sont entrés en contact, la chaleur a commencé à les envelopper tous les deux ; J'ai commencé à m'embrasser du front jusqu'au nez, aux lèvres, au cou, à la clavicule et enfin à la clavicule et à tout aspirer. Alors qu'elle gémit et murmure mon nom, cela m'a absolument excité - "Hmmm", a-t-elle répondu en nature. "Tu m'excites", murmurai-je sarcastiquement. Sa réponse ? Elle m'a souri en connaissance de cause alors que je me rapprochais et commençais à lui sucer les seins jusqu'à ce qu'elle gémisse à nouveau. Lentement, elle déboutonna ma chemise ainsi que la mienne ; peu de temps après, nous étions tous les deux à moitié nus ! J'ai à nouveau sucé doucement son sein, j'ai tracé un baiser sur sa culotte, je l'ai retiré lentement, révélant sa chatte, j'ai commencé à la sucer doucement jusqu'à ce qu'elle gémisse, j'ai réalisé qu'elle était toujours vierge, j'ai rampé vers son oreille et j'ai demandé "Tu es toujours vierge ?" ce à quoi elle hocha la tête en guise de confirmation. Après avoir terminé là où je m'étais arrêté, j'ai lentement mis un doigt dans son œil pour regarder une larme se former, seulement pour qu'elle l'essuie simplement ! À partir de là, ma vitesse a augmenté alors que je continuais à lui sucer la chatte tout en ajoutant un autre doigt, ce qui portait le total à trois. Nikki s'est approchée et m'a poussé sur le lit, maintenant sur moi. "Que fais-tu ?" Je lui ai demandé. Elle a répondu : "Tu t'attendais à ce que je reste assise pendant que tu m'as fait ça sans me venger ?", tout en embrassant ma clavicule avant de la sucer et de la sucer ! Putain ! Des gémissements la firent à nouveau sourire alors qu'elle commençait à placer des traces de mon cou à mon pack de six et le long de la zone de mon boxer. "Hé Nikki ! Je ne sais pas comment faire pour que ça se sente mieux !" a été interrompu lorsqu'elle m'a sucé la bite - me faisant gémir continuellement tout en la suçant ! La pousser contre le lit m'a fait sourire de plaisir car "maintenant les préparatifs sont terminés !" J'ai souri d'un air suffisant.

" POV DE NIKKI

Je ne pouvais pas croire à ma chance ; me voilà en train de coucher avec mon meilleur ami ! Alors que nous nous poussions à nouveau tous les deux contre mon lit, il sourit et je savais que nous nous sentions tous les deux prêts ! Pousser lentement sa bite à l'intérieur de moi au début, ça faisait mal, mais après le temps, la douleur est devenue agréable ! Ensemble, nous gémissons tous les deux ; Il resserre sa poussée tandis que je l'aide à donner forme à la mienne ; C'est devenu plus rapide jusqu'à ce que nous atteignions tous les deux nos limites, jusqu'à ce que finalement, en respirant fort, nous atteignions tous les deux nos limites, puis j'ai respiré fortement avant de me pencher en avant pour m'embrasser à nouveau. "Je t'aime Nick !" J'ai avoué en retour.

Heureusement, mon téléphone n'arrête pas de sonner sous mon oreiller ; J'ai toujours mal à la tête mais je ne peux pas imaginer trop boire ! Alors, quand l'appel est arrivé, j'y ai répondu et j'ai trouvé :

MOI : Salut ?
VOIX : Nikki, sa maman. MOI : Comment va Hawaï ?

MAMAN : Ça a l'air merveilleux ; cependant, je serai là ce soir pour superviser.

Moi pourquoi?
MOM : Tu n'as pas entendu dire que Nick partait pour New York ce matin ?

"J'ai été surpris et choqué quand Nick n'était pas avec nous. Une larme est tombée de mes yeux parce que Nick n'était pas avec nous."

MAMAN : Salut chérie. Est-ce que tu te sens bien aujourd'hui ?

MOI : Aha, bien sûr – ce soir, ça ira très bien. Je veillerai sur toi alors.

Maman : D'accord ! À plus tard
J'ai lentement et doucement éteint le téléphone, me glissant lentement dans mon lit. Est-ce que Nick s'est enfui sans me le dire ? Hier soir, il m'a enlevé ma virginité, maintenant tout ce qu'il a fait, c'est disparaître ? Comment cela a-t-il pu m'arriver ou est-ce qu'il joue à un jeu avec moi ?

À 19 heures et comme ma mère n'était toujours pas là, je me suis allongé sur le canapé, vaincu et épuisé d'avoir pleuré. La nuit dernière était encore fraîche dans ma mémoire car elle impliquait de trop boire et d'avoir des relations sexuelles avec une personne sur laquelle je n'arrivais pas à me décider ; s'il appartenait à mon cercle de meilleurs amis ou si je l'aimais plus profondément que cela. Pourquoi Nick s'est-il enfui sans même laisser de message ni appeler ? Suis-je vraiment si horrible ? Il n'a jamais laissé la moindre indication comme si quelqu'un pourrait revenir à la maison... ? Soudain, j'entendis des clés insérées dans la poignée de porte ; mon instinct initial m'a dit que cela pourrait être Nick même si c'est impossible. Au lieu de cela, j'ai découvert que c'était ma mère qui transportait plein de choses. "Hé Nikki ! Tu me manques", a-t-elle déclaré. Je lui ai rappelé que nous sommes partis hier. Ce à quoi Nikki a répondu en roulant les yeux. Lorsqu'on lui a demandé où se trouvait Nin, sa mère a répondu qu'elle voulait rester à Hawaï pour le moment et lorsqu'on lui a demandé "Envisagez-vous d'y retourner à quelque titre que ce soit", une réponse négative. "Oui, j'y retournerai peut-être le lendemain", répondit-elle en prenant son verre d'eau. Je me suis simplement penché sur le canapé et j'ai allumé la télé. Maman m'a demandé si tout allait bien pour moi et quand j'ai répondu par l'affirmative, elle a déclaré : "Eh bien, tu n'es plus la fille heureuse que tu étais". Elle s'est ensuite dirigée vers moi sur le canapé pour s'asseoir à côté de moi dessus. « Est-ce que mon père vient ? » demandai-je pour tenter de changer de sujet. Ma sœur a répondu qu'on pouvait se relayer pour qu'elle ne s'ennuie pas, tandis que "Maman, je peux gérer les choses". Ce à quoi ma sœur a répondu avec inquiétude : "Mais tu ne vas pas bien, n'est-ce pas ?" et mon ami d'avant aussi : "Non, j'étais juste ivre hier soir". A quoi ma réponse : "Ne vous inquiétez pas !" est revenu rapidement : "Allez maintenant !" « Mère sait quand leurs filles mentent », a-t-elle insisté. J'ai demandé à ma mère la permission de demander n'importe quoi, ce qui a été accueilli par une réponse acceptante : tout ce qui lui est cher ferait l'affaire ! Plus précisément, pourquoi Nick est-il parti ? » elle répondit à son tour : il a des affaires inachevées à régler à New York et reviendra peut-être un jour ; du moins c'est ce que je pensais à l'époque. Reviendra-t-il?" était ma question. "Je ne sais pas avec certitude, chérie, mais je crois que ses parents prévoient de rester pour toujours", a-t-elle répondu avec un sourire. J'ai hoché la tête alors qu'elle continuait. Si des problèmes surviennent concernant son séjour ici ou quoi que ce soit le dérange, il devrait parler à sa mère tout de suite selon maman. Quand mon tour est venu, j'ai répondu positivement par : Oui maman.

CHAPITRE 7

"NIKKI'S POV" Cela fait deux semaines que Nick et moi avons eu une activité sexuelle, et si vous pensez que je suis enceinte, alors laissez-moi être clair... Non ! Pas du tout! De plus, deux semaines se sont écoulées depuis qu'il m'a laissé dans ce village sans envoyer de mail, de SMS ou d'appels... Maman, Nin et Papa m'ont fait confiance pour être seuls dans leur maison pendant un mois entier ! Mike et Mich me surveillaient régulièrement juste pour s'assurer que tout allait bien ; Une fois qu'ils ont appris ce qui s'était passé, ils sont devenus à la fois en colère et attristés par ce qui s'était passé. Vous vous demandez où est Myka ? Eh bien, elle est également retournée à New York. Peut-être qu'ils ont continué leur relation ! Malheureusement, j'ai fait de mon mieux pour oublier Nick ! Étant moi-même une femme, je le trouve peu attrayant, donc s'il est vraiment un homme, il doit me faire face, sinon cela ne fera qu'empirer avec le temps.

"Hé grande sœur ! Tu me manques tellement !" Nin a crié de joie alors que nous nous embrassions tous dans les bras. Nous avons tous souri et nous nous sommes tous embrassés aussi. " " Nicki, aaahh ! " J'ai crié en réponse et j'ai souri largement alors que nous nous sommes tous embrassés avant de nous retourner vers Nin. " Papa, j'ai une tâche pour toi et Nick ", a annoncé mon père. J'ai lentement hoché la tête. "Vous souvenez-vous de notre maison près du lac où nous campions quand vous et Nick étiez enfants", m'a rappelé mon père. Je lui ai de nouveau demandé pourquoi nous campions là-bas quand nous étions enfants. "Les parents de Nick ont souri en retour. ; cela m'a rendu curieux aussi ; cependant il gardait le silence ; maman lui a souri en le rassurant que ce soir viendrait préparer les choses nécessaires" lui a conseillé maman pendant qu'ils préparaient ses affaires pour qu'il puisse y voyager. Après son départ, je suis remonté dans ma chambre pour rassembler toutes les affaires personnelles et importantes ; malheureusement cette maison au bord du lac, il n'y a ni signal ni Internet ! Maintenant qu'il est revenu, j'ai l'intention de ne plus lui parler ! Oui, je l'aime mais je ne veux plus me blesser. En rangeant mes affaires dans mon placard, j'ai entendu quelqu'un se raclant la gorge derrière moi ; dès qu'ils ont dit "Nikki ?", ma mère a répondu par "Oui", ce qui a immédiatement attiré mon attention. Son sourire est apparu lorsqu'elle a expliqué que ce n'était pas une insulte mais que nous voulions que vous le fassiez. amusez-vous là-bas avec Nick. "Hé chérie, Nick nous l'a dit et il voulait que tu passes du temps ensemble", sourit-elle tandis que j'acquiesçais de la tête en signe de reconnaissance de l'avoir entendue. Après avoir fini de préparer mes affaires, maman et moi sommes descendus pour leur dire au revoir et leur dire adieu ; au lieu de cela, ils nous ont dit que nous avions une semaine géniale à venir pendant que Nick prenait mes affaires sous le coffre - sa grosse voiture noire pouvait assez bien gérer toutes les aventures de voyage !

Cela prendra deux heures de route, alors heureusement, j'ai apporté mon iPod ! Mais curieusement, ni Nick ni moi n'avons pris la peine de parler. Au lieu de cela, il y avait un silence total à l'intérieur de la voiture, sans aucune musique - ce qui nous a conduits dans un silence gênant que Nick a sans doute remarqué aussi lorsqu'ils ont commencé à parler et je l'ai immédiatement coupé : " Nikki, comment vas-tu ? " "Bien", ai-je répondu et j'ai coupé avant d'ajouter, "Euh..." avant de l'interrompre "J'avais besoin de dormir".

Nikki s'était endormie quand je suis arrivé à leur planque ; J'ai essayé de la réveiller mais je savais qu'elle s'était déjà endormie, alors j'ai porté son style nuptial dans notre chambre. Leur planque n'est qu'un manoir simple mais charmant où Nikki et moi passerions nos vacances d'été. Nikki et moi dormons ensemble, la maison étant toujours bien rangée car son père engageait des entreprises de nettoyage. Quand l'heure du coucher de Nikki est venue, je l'ai allongée. "Nick, tu as grandi", la vieille femme nous salua ainsi que Nikki alors que j'ouvrais la porte. Nous l'appelions notre grand-mère, mais nous l'appelions plutôt Nana lors de notre visite. "Eh bien, je continue à chercher et à nettoyer ici", répondit-elle avec un sourire. « Au moins, tu vas toujours bien, n'est-ce pas ? J'ai souri en retour en accord. Elle a ensuite demandé qui était Nikki ; J'ai répondu par l'affirmative ; lorsque Nikki elle-même lui a demandé à nouveau, elle a demandé pourquoi elle n'était pas fatiguée ; donc, comme alternative, un repos devrait être pris et de la nourriture fournie par Nikki elle-même (elle pouvait aussi cuisiner elle-même), mais n'en dit pas plus car cela ne lui convenait pas ; en réponse, je lui ai demandé ce qu'elle voulait dire par cette phrase se terminant par "est-ce que ça te va ?" elle m'a interrompu avant de le dire puis elle m'a coupé la parole au milieu d'une phrase avant de continuer avec un autre ton interrogateur qui ne laissait même pas la possibilité de commenter avant de m'interrompre au milieu d'une phrase avant de continuer : "Bien sûr, je servirai ta famille," » a-t-elle déclaré, expliquant son service de longue date auprès de votre famille et de celle de Nikki ainsi que de la mienne. J'ai serré Nana dans mes bras. Lorsqu'elle ferma la porte derrière elle, elle sourit chaleureusement avant de se diriger vers la cuisine où j'entendis Nikki gémir. Voyant cela, j'ai profité de cette situation pour me présenter. Mais "hé ! Ne te réveille pas parce que tu dors profondément", a dit Nikki avec un pur mensonge avant de se retourner vers l'endroit où nous avons déjeuné ; elle m'a fait un faux sourire avant de lui donner des explications complètes mais je ne sais pas par où ni comment commencer !

"Nikki, Nick, le dîner est servi." J'ai reçu un appel de Nana pour nous dire que le dîner était prêt. Quand Nikki a demandé de qui cela venait, j'ai répondu que c'était Nana et qu'elle était déjà à notre point d'arrivée lorsque nous sommes arrivés. Nikki s'est rapidement dirigée vers Nana avant d'entrer dans la cuisine avec nous tous pour saluer son visage souriant. Nana a commenté à quel point Nikki est devenue plus adulte alors qu'elles lui souriaient en retour avec des commentaires comme : "Eh bien, cela semblerait plus bizarre si je ressemblais encore à un enfant. ". taquina Nikki. Nikki l'a serré dans ses bras et a souri largement avant de demander à Nana si elle prévoyait ou non de rester. Nana répondit par l'affirmative mais continua ce soir-là... avant que Nikki ne lui coupe la parole en lui disant que c'était à elle de décider s'ils restaient ou non. "Eh bien Nana, c'est à toi de décider si tu choisis de rester ou non" sourit-elle chaleureusement avant d'ajouter que "Toi et Nick êtes vraiment d'excellents partenaires". "Euh... Nana et moi ne sommes que des connaissances", répondis-je. Nana a répondu : "Eh bien, tu vas rester ici pendant une semaine, et ensuite..." elle a ri alors que nous nous regardions tous les deux en retour. Nikki l'interrompit avec "HAHAHA, c'est vraiment drôle Nana", avant que nous nous asseyions tous pour un dîner qui s'est avéré fantastique ! Nous avons enfin eu le temps de parler, mettant de côté nos divergences ; Les disputes de Nikki et moi étions oubliées depuis longtemps à ce moment précis. Après le dîner, nous avons aidé Nana à nettoyer la cuisine avant qu'elle n'annonce qu'elle devait partir jusqu'à demain matin et que je devrais la reconduire chez elle (elle a refusé), bien que Nikki ait suggéré le contraire : il faisait déjà nuit lorsque Nana a accepté "Eh bien, attends ici". .. "Bien, d'accord!" Nana a accepté et Nikki et moi avons donc suivi Nana jusqu'à la porte d'entrée avec seule Nikki restant derrière - ne laissant qu'elle dans une maison sûre par rapport à nous un instant plus tard ! Une fois que tout a été dit et fait, j'ai fait sortir Nana avec moi tout en conduisant Nikki à l'intérieur pendant que je conduisais Nana dehors. Seulement, elle est restée à l'intérieur ; Nikki seule avait été laissée dans une maison sûre cette nuit-là ! J'ai fait sortir Nana, je l'ai suivi et j'ai suivi pendant que Nikki restait à l'intérieur ! J'ai amené Nana à entrer par la porte d'entrée ensemble, suivi de près, ne laissant que Nikki derrière dans la planque seule, je l'ai laissée là en laissant seulement Nikki derrière dans la planque seule, car seule Nikki à l'intérieur de la planque n'a été laissée qu'à la porte d'entrée lorsque Nikki est revenu, ne la laissant que seule à l'intérieur tout en conduisant Nana vers la porte d'entrée de la planque tout en amenant Nana à revenir ; Nikki seule derrière attendait toujours là avant de partir lorsqu'elle fut poussée vers Nikki tandis qu'elle suivit Nana aussitôt après son départ ; la suivre l'a emmenée avec son avance avec lui la suivant tout en la conduisant laissant Nikki derrière elle, le laissant à l'intérieur tout en la suivant ; ne laissant qu'elle-même à l'intérieur à la porte d'entrée, Nikki a été laissée derrière alors qu'après que nous l'ayons rejointe à l'intérieur, dans la planque avant de rejoindre Nana derrière elle seule restant derrière après tout, bien sûr, elle a quitté la planque après la porte de sortie alors qu'elle conduisait Nana après la sortie , laissant Nikki seule restée à l'intérieur, elle s'est laissée dans une maison sûre à la porte d'entrée qui. Nikki n'en est qu'un dans lequel tous les autres se trouvent dans la planque derrière avant de décoller ; bien que ni l'un ni l'autre de lui par la suite. Ensuite, j'ai suivi après la sortie, puis je l'ai suivi vers la porte de sortie avec Nikki seule jusqu'à la maison sûre avant elle après m'avoir suivi jusqu'à la porte d'entrée pendant que Nikki était derrière pour la suivre. Suivant derrière. Nikki est partie, ne restant qu'à l'intérieur alors que Nikki seule l'a suivie avant d'entrer puis de sortir après avant de diriger Nana nous a suivi et l'a suivi pendant que Nikki partait. Nikki n'est qu'une derrière nous laissant en planque avant d'être partie seulement suivie ! laissé derrière jusqu'à ne laisser que Nikki derrière à gauche. Nikki reste seule pour sortir en attendant. Ni a suivi Nik en partant seulement suivi, ne laissant que Nik dans lequel ensuite nous a suivi puis nous a suivi jusqu'à finalement arriver puis après elle s'est dirigée vers son entrée avant d'entrer à la sortie avant de l'emmener sortir pour entrer suivi pour la suivre pour suivre , laissant derrière elle sa sortie à gauche tout en la suivant en toute sécurité vers l'entrée, elle a ensuite conduit Nana à travers après être entrée dans la planque plus tard. Nik doit rester derrière jusqu'à ce que Nik sorte ensuite. Nik l'a traversé avant de fermer avant de le mener avant de le suivre. Plus tard, pendant qu'il le suivait, il restait derrière elle, Nik la suivit, la suivit un seul derrière mais ne laissa que Nik resté derrière, puis suivit. Nik, le laissant dehors, le suivit dehors. Il a quitté Nik et les a ensuite tous pris. Ni un seul avant de partir et après l'avoir suivi dans la planque avant de sortir de la planque seul, laissé seul pour sortir, il a pris la sortie car seul Nik a pris la sortie avant de quitter la planque par la sortie avant la sortie a suivi Nan jusqu'à ce qu'elle l'ait ensuite suivie.

Pendant que je marche, je remarque que Nana me regarde "Pourquoi tu me regardes pour Nana ?" J'ai demandé. Sa réponse ? "Eh bien, je suis juste heureuse de t'avoir revu toi et Nikki", marmonna-t-elle pour elle-même. Lorsque Nikki lui a demandé ce que cela signifiait, elle a répondu : « Nous ne vous avons pas beaucoup manqué ? ce à quoi Nana a répondu que la moitié de sa vie avait été passée à prendre soin de vous deux. Merci Nana. " J'ai répondu en souriant. " Est-ce que tu aimes Nikki ? " Elle m'a demandé brusquement et a provoqué une fracture du pied. Après m'avoir présenté ses excuses pour mon arrêt soudain de conduite, Nana a souri à nouveau avant de demander : " Eh bien, juste par curiosité. .." Alors j'ai repris la route en répondant : "Oui... je l'aime comme mon amie". Quand Nana a demandé plus loin : "Et c'est tout ?", elle a demandé à nouveau curieusement... ce qui m'a ramené sur la pause pied. J'ai répondu comme étant ma réponse à sa curiosité : "Oui". Après que Nana ait pu répondre, nous sommes arrivés à sa maison : une maison de plain-pied avec de beaux jardins sur le côté gauche, ainsi qu'une façade accueillante et un portail blanc - juste le le genre d'endroit que Nana ferait elle-même ! "Grâce à tes parents", m'a expliqué Nana, "j'ai conçu ma petite maison!" J'ai accepté. Cependant, elle nous a conseillé de continuer notre voyage car la nuit était venue rapidement, avec Nikki seule dans un coffre-fort. maison à proximité - "Tu ferais mieux d'y aller maintenant ; Nikki a besoin de sa protection". J'ai accepté. "Oui ! A demain, Nana," proposai-je.

CHAPITRE 8

POV DE NICK

Alors que je conduis lentement, mon esprit s'emballe pour savoir comment dire à Nikki ce qui s'est passé et si je l'aime au-delà de l'amitié. Malheureusement, mes sentiments sont trop complexes ; si je l'aime, c'est bien ; nous devrions continuer en tant qu'amis ! Mais sinon ? Alors que je réfléchissais profondément, il commença à pleuvoir. J'ai rapidement augmenté mon accélérateur jusqu'à presque heurter un arbre ; Heureusement, je suis arrivé sain et sauf. Quand j'ai atteint mon porche, j'ai appuyé sur la sonnette et Nikki m'a rapidement ouvert sa porte. "Que fais-tu?" J'ai demandé. "Elle semble mal à l'aise, ce qui me donne une raison de me diriger vers la salle de douche", déclarai-je en montant vers notre chambre et en cherchant mes affaires avant que Nikki ne claque et ne verrouille la porte derrière moi. "Qu'est-ce que c'était que ça ?" Demandai-je à voix haute avant d'entendre Nikki dire quelque chose du genre : "Allons-y, Nick ! Qu'est-ce que tu fais ?" avant d'être coupé au milieu d'une phrase en demandant ce que signifiait cette déclaration : "Ne niez pas ce qui se passe ! Ne niez pas ! Ne niez pas !" a-t-elle crié sans même regarder dans ma direction avant de dire quelque chose de similaire avant de dire : "Peu importe, allons prendre une douche !" et lui dire au revoir avant de continuer dans le silence avant d'entrer dans une autre sorte de sullah avant de me déclarer coupable en faisant un pas innocent que je n'aurais jamais dû entendre... ! Laisse-moi prendre une douche moi-même ! Personne n'avait pensé à dire autre chose et à partir.

Depuis que je l'ai laissée seule et que j'ai décidé de suivre Myka à New York, je me suis senti coupable ! Même si je préfère de loin passer mon temps ailleurs, nos parents veulent que nous passions du temps ensemble, ce n'est donc pas le bon moment pour moi de leur briser le cœur en les abandonnant. J'ai donc ouvert la douche et pris une profonde inspiration avant d'ouvrir l'eau.

Le point de vue de Nikki

J'étais tellement confus! Je ne comprends pas ses pensées ! Alors, j'ai décidé de descendre et de m'asseoir sur le canapé plutôt que de dormir à côté de lui. Je veux qu'il voie que jouer avec mon cœur n'est jamais bon ! Sans doute je l'adore plus que jamais ; après tout, il a pris tout ce que j'avais et maintenant il se comporte comme un imbécile arrogant ! Alors je m'installe sur le canapé avec la télé allumée et je l'éteins. En entendant des pas descendre les escaliers, je suppose qu'il doit prendre une douche ; "Hé ! Veux-tu dormir ici ce soir ?" Je demande avec espoir. "Oh non!" Tu penses que tu ne dormiras pas ici ce soir ? " "Pourquoi?" et "Y a-t-il un problème?" furent mes réponses, alors qu'il répondit simplement "Non, je vérifie juste, tu sais" avant de se rasseoir sur le tapis et de regarder un film pendant un certain temps avant de demander "Est-ce que ça va?" "Ça va si je dors à côté de toi ??" et me sourit innocemment alors que nous nous regardions tous les deux dans les yeux avant de sourire innocemment en retour "Ça te dérange si je dors juste à côté de toi ?!" Il finirait par demander cela avant de partir en tant que promis. " Sachant que je ne te verrai pas demain, je suis presque certain que NON ! " m'exclamai-je. Sa réponse ? " Énervé ? ". Pas évident ? ". Son explication ? "Eh bien, je me moquais juste de toi – tu as été trop sérieux ces derniers temps et je ne veux pas être avec quelqu'un d'aussi sérieux !" il a répondu. "Pourquoi ne te tais-tu pas ! Espèce de JERK !" ai-je demandé. Ce à quoi il a répondu en criant son nom. Ce à quoi j'ai répondu : "Et pourquoi tu cries ?" Nous nous sommes regardés, et j'ai vu dans ses yeux qu'il était en colère ! Frappe le sol puis se redresse avant de monter les escaliers ! Maintenant, mon plan est de rester ici pendant une semaine, de faire ma part et de tout oublier de lui - après tout, il avait peut-être eu d'autres aventures, donc cela ne le dérangeait pas trop le moment venu !

POV DE NICK
C'est le matin et je me sens léthargique après avoir entendu Nikki me traiter d'imbécile ! Eh bien, oui, je peux être impoli mais seulement envers elle ! Quoi qu'il en soit, jusqu'à ce que je sache avec certitude si je l'aime ou non, j'attendrai avant de m'engager dans des relations amoureuses qui pourraient compromettre non seulement notre amitié mais aussi nos liens familiaux ! Alors que j'essaie de me lever du lit, je vois qu'il y a un post-it à côté de l'horloge qui dit :.

Nana vous rejoindra ! Ne partez pas à sa recherche ! Je suis sûr que Nana est avec toi !
Nikki est allée aux toilettes pour faire ses affaires avant d'entendre un coup troublant à la porte de Nana qui se tenait nerveusement devant moi. "Quoi de neuf Nana ?" C'est tout ce qui est sorti avant qu'elle ne se lève derrière moi pour me faire face directement. "Nikki...", a répondu Nana lorsque j'ai demandé où se trouvait Nikki ; dès que nous avons atteint ma voiture, je lui ai attrapé le bras et je

l'ai conduite vers ma voiture - sans lui permettre de finir de parler, elle m'a indiqué la direction que nous avons suivie jusqu'à notre arrivée à l'hôpital environ 20 minutes plus tard. "Où puis-je trouver Nikki Fairy White ?" était ma première question à la réception. Une infirmière a immédiatement répondu que Nikki Fairy White serait retrouvée dans la chambre 38A ; malheureusement, je suis devenu trop confus pour la remercier correctement à cause de mon état de panique et de confusion. Nana était retournée à la réception et avait remercié l'infirmière. J'ai entendu la voix d'un garçon en ouvrant la porte de la chambre de Nikki ; en entrant, j'ai trouvé Nikki endormie parmi un homme inconfortable qui transpirait abondamment ainsi que le docteur. "Es-tu de la famille de cette fille ?" demanda le docteur. "Juste un ami de la famille ici pour les vacances", répondis-je en m'asseyant à côté de Nikki qui était toujours inconsciente. Lorsqu'on lui a demandé ce qui s'était passé, le médecin a expliqué : "Elle est tombée d'un mal mais heureusement, ce beau jeune homme est passé par là et a sauvé la situation". Est-ce qu'elle ira bien après cet épisode ? J'ai demandé. "Oui, elle peut rentrer chez elle si elle se réveille", répondit le médecin. Je me suis retourné pour le remercier et je me suis retourné lorsque Nikki s'est soudainement réveillée groggy - demandant où ils étaient et où se trouvait le gars qui les avait sauvés. Malheureusement, il n'a jamais terminé sa phrase car Nikki s'est réveillée si confusément qu'elle a demandé où ils étaient ; ce à quoi j'ai répondu qu'ils étaient à l'hôpital ; Nikki a répondu avec des questions telles que : Où suis-je et qui m'a sauvé. » Elle a à son tour répondu ; puis « Qui m'a sauvé ? a-t-elle demandé". "Où est-il/Qui m'a sauvé ?" a demandé Nikki au réveil - demandant de l'aide aux deux ! Il/elle est venu en courant par derrière mais personne n'a pu voir où il/qui les a sauvés tous les deux après quoi ? " Elle a demandé avant de leur demander où elle était. Nikki a répondu : " Attendez ! Pourquoi me dois-tu ma vie, qui es-tu ? m'a fait signe de revenir. Clint Moore a souri largement en nous faisant ses adieux ; avec Nikki souriant à nouveau, elle a suggéré que nous attendions que Clint enlève son manteau avant de partir lui-même. Mais nous avons décidé de ne pas bouger, au lieu d'attendre patiemment pendant que Clint nous explique tout. tout cela avant de repartir lui-même. Nikki leva les mains de frustration en attendant patiemment avant de lui dire adieu pour notre conversation". Nikki sourit à nouveau avant de partir avec Nikki disant : ; "Eh bien, merci encore Clint ! Laisse-moi attendre ! » M'écriai-je. Mais attends ! » dit Nikki ; attendre patiemment jusqu'à ce qu'on dise enfin : « Eh bien, peut-être que nous ferions mieux d'y aller. » Mais attendez ! » » dit Clint également : mais il demanda à la place : il hésita tandis que Nikki l'interrompit en disant : ; Attendez! Attendez !", a exhorté Nikki. Soudain, quelqu'un a dit : Clint a enchéri mais a été interrompu en disant : attendu sans réponse : Attendez, attendez... attendez ! Attendez !" ai-je demandé. "Attendre attendre!" Nikki s'est alors exclamée ! Mais attends !" Nikki l'interrompit en disant à - mais Clint venait de le dire trop tard mais encore : il préférerait attendre ! Attendez ! attendez avant de partir sans céder... mais " Attendez ! " alors...... Attendez !!"... attendez....! Personne !" Nikki l'interrompit ; cette fois-ci fut réprimée "et bien, je suppose que ça devrait sortir... Attendez ! Attendez! Attendez !", a demandé Nikki....Attendez !" mais Nikki, attends !" "Attends !!" mais on lui a dit... Attends !" dit!. Attends... mais avant de partir... Attends !" mais ce garçon a fait une offre... Attends !" enchérissez mais ce gamin ne l'a pas fait!", a dit mais. Attendez!" dit Clint! Attendez !" Enchérissez, par ici !" enchérissez quand Nikki a appelé par derrière !... Attendez!" et enchérissez aussi!" j'ai insisté mais il n'y en avait qu'un ! attendez... attendez... Attendez, attendez. J'ai attendu !... Attends !... Wai aussi ! " Non... Attends ! mais attends... attends... mais attends... Attends... " Oh non ! " Cela n'a pas attendu ! " Il a enchéri. Attendez!!! attendez... "Wai bid. Attendez !!! attendez... attendez...! Avant cela !" Mais attendez !" Il a enchéri..........." avait justement fait cette offre avant de dire ! Cela attendrait!"...!! " Nikki enchérit...........! mais je suis seulement entré !! avant ça aussi" enchérissez d'ici là..." Bravo !!!!!!!!"..... jusqu'à maintenant.... " Waa !... mais attends ! " avait été... Attendez .... Attendez.....w ! Juste un de plus." ! Attendez! avant!".....Atteint!" Nikki... attends!" j'attends!"...! Attends!" (...!"Wai! j'attends!.... "Wai était à propos de ça......Wai....Wai..... "Eh bien, attends... Attends...! ! attends...Waattendu.... attends !! "Attends!!! (C..."!... "Waahhh!...!...!!".......""...!!!!!!!!" mais... "Wai!")!?). mais...!." Attends...!".... mais !...!"... attends... mais !! "...!... Cle avait enchéri.) enchérir !" mais... attendez!!!" L'enchère n'avait jamais été faite !!!!" enchère....."!....Oh....Wa Nikki a demandé : "Puis-je vous inviter demain pour pêcher ?" Nous ne pêchions pas, nous déjeunions juste ensemble. Clint a répondu de manière indécise "Je ne pêche pas". je sais, peut-être" tandis que Nikki répondait avec son sourire habituel "Eh bien, j'attendrai ! Vous savez où" "Ça a l'air bien. Cela vous dérange si j'amène certains de mes amis ?" demande-t-il, ce qui était génial car cela signifiait qu'il ne dépassait aucune limite ? Nikki sourit en encourageant à rencontrer de nouvelles personnes - c'est toujours bien ! Cependant, " Euh... désolé alors ; "Ma mère va probablement me chercher", fut sa dernière demande avant de partir. En réponse. Lorsqu'on m'a demandé "Es-tu fou ?!", elle a rapidement répondu : "Non ! Pourquoi devrais-je

être en colère alors que nous ne sommes qu'amis, n'est-ce pas ? » et a ajouté : «
Eh bien, je vais bien – retournez dans votre planque – après tout, ce n'est pas
votre responsabilité de prendre soin de moi. afin de me rafraîchir mentalement
avant de rentrer chez moi pour une nouvelle rencontre avec elle !

CHAPITRE 9

Après ma chute chez Clint, Nick a arrêté de se surprotéger et d'essayer d'être mon ami ; et cela nous a aidés tous les deux à guérir rapidement. Faire mes valises et jeter un dernier coup d'œil dans ma chambre m'a soulagé ; J'ai promis à Clint que je le verrais bientôt, mais il m'a également assuré qu'il pourrait passer bientôt. Avec ma veste, je descendis les escaliers, laissant mon sac sur le canapé de Nana où elle m'embrassa affectueusement et me sourit. Nick est entré de la cuisine et m'a proposé mon sac ; Nana lui a fait un câlin avant de lui dire : « Faites attention pendant votre voyage et s'il vous plaît, visitez-le souvent », tandis que je l'embrassais sur la joue droite et lui disais au revoir ; avant de monter sur mon siège passager avec Nick devant et d'attacher ma ceinture de sécurité.

Les conditions routières étaient idéales : pas de coups de tête ni de rochers sur lesquels se cogner ; Je me sentais mal à l'aise dans la voiture parce que Nick ne m'avait pas parlé depuis notre partie de pêche avec Clint et deux filles. Même si j'essaie de ne pas lui parler directement, je veux savoir pourquoi il agit bizarrement. "Qu'est-ce que ça donne avec tout ce silence ?" Je me suis demandé à voix haute. "Hé," murmurai-je pendant que nous roulions. Quand il m'a regardé, il a froncé les sourcils, alors je me suis dit doucement pourquoi nous n'avions pas parlé depuis si longtemps ni montré aucun intérêt... de quoi sommes-nous censés parler alors ? " Mais au lieu de cela, il a simplement continué à conduire sans répondre à ma question ; ce qui n'était pas gênant car j'en avais assez de lui mais je le considère toujours plus qu'un ami. Depuis qu'il a pris ma virginité, je ne pouvais pas m'empêcher de croire qu'il m'aimerait aussi. "Faites une sieste ; nous arriverons chez vous dans 30 minutes", m'a-t-il informé. Lorsqu'on lui a demandé si nous allions passer la nuit ensemble, il a répondu par la négative et nous a simplement déposés là-bas - me laissant me demander pourquoi ou devrais-je me renseigner davantage ? "Mais ne le faites pas. "Ne t'inquiète pas", a-t-il ri, "demain, nous pourrons passer du temps ensemble si c'est ce que tu souhaites". J'ai demandé ce qui aurait pu provoquer un tel comportement de sa part, mais je n'ai reçu aucune réponse. " J'ai ressenti en parlant de moi : tu es fou ou quoi ? Il avait l'air incrédule alors que je continuais. " J'étais juste en train d'étudier mon meilleur ami ; puisque toi et Clint êtes devenus proches, j'ai supposé que vous vouliez passer du temps seul avec lui. " J'ai rougi mais j'étais incrédule ; comment peut-il dire une chose aussi scandaleuse ?!

Était-il jaloux ou ce type est-il fou ?! La conversation entre moi et Clint il y a quelques instants...

"Est-ce que tu l'aimes, n'est-ce pas ?" m'a demandé Clint. Quand j'ai répondu "Qui?" Il recommença à parler : " Ne joue pas à un jeu avec moi ici Nikki ; la façon dont tu le regardes, souris quand il est là, rougissez et riez à chaque fois qu'il se sent gêné est un signe certain que vous l'aimez ! " J'ai haleté. Étais-je si évident ? Regarde ici, gamin ! Il t'aime aussi, alors pourquoi ne fais-tu pas le premier pas ?", taquina-t-il. Quand j'ai répondu "Pas question ! Je suis la fille ici Clint", ai-je répondu en riant "Pas question ! Je suis la fille ici Clint". À son incrédulité, il a taquiné "Mais pourquoi moi à la place ?". Après que j'ai ri, il a commencé à rire avant de soudainement hausser les épaules et de sourire sincèrement avant de dire : "Maintenant, qui parle ?" Et a soudainement secoué la tête et a souri… Il a encore vraiment ri… » Il a soudainement haussé les épaules et a souri sincèrement avant de dire : ; "Maintenant, qui parle ?..." Puis soudain il frémit rapidement avant de secouer la tête, secoua sincèrement la tête et sourit, il dit avec un sourire brusque mais sincère "Oh Nikki...!!... Maintenant, qui parle. ...?" Mais soudain, il frissonna et lui sourit en secouant la tête sincèrement en disant : c'était parler... !" Mais cette fois, quand Nikki s'est détachée et a souri... bravo...!" Je savais quand Nikki !!"... il secoua la tête......" secoua la tête sincèrement en souriant avant de finalement secouer la tête puis Il s'est souri en ajoutant "Maintenant, qui... Il a ensuite souri pour sourire, Nikki... et bien cette fois, il lui a souri de la tête avant... mais cette fois !" "Maintenant, qui parle !!! Elle sait !!!" en secouant la tête, il secoua la tête et sourit sincèrement..." et sourit..... Il a soudainement dit... tout le temps est venu sa tête souriante puis a souri comme d'habitude ! "...Oh, tellement !!!" quand tout à coup il l'a chassé, qui !...! Maintenant, qui parle... Maintenant... et lui a souri...!......!!..... Il l'a soudainement secoué............. ...."Je sais!!!" avant qu'elle ne le sache !" Finalement, il secoua... th... "O...H.....!" et sourit de la tête puis lui sourit de la tête...!... Il chut instantanément.... !...! Cette fois où!.......il pouvait sentir... Le sourire son..... Il a dit !!...... Il a soudainement baissé la tête pendant que son sourire mais ....!...!! Il a finalement souri ! et a souri.... Il a finalement montré... puis a dit... sincèrement lui a souri à nouveau sincèrement avant de sourire aussi !!!!!! Et lui a souri !! Je savais....!...." Mais!... Il a souri...... a dit sincèrement... ..et a soudainement souri sha....Était....... Je savais !...... Il a soudainement sh... et a dit tout aussi rapidement secoué.....!! Il savait! et lui sourit la tête...!!... Le même vieux que je connaissais ! mais...!! Maintenant !...... et il sourit soudainement, secouant à nouveau la tête.... secoua et sourit.... C'est.....!... Il sourit finalement de la tête avant de lui sourire...... ! Il a donné sincèrement.....il savait...!! et a souri.......... Il a souri de sa tête.... Waan'....... Puis.... Cet homme !... Il a soudainement souri de son

"Pourquoi souris-tu, Nikki ?" Je suis devenu automatiquement mécontent. Nick semblait moins inquiet de notre arrivée que moi, disant quelque chose du genre : "Eh bien, nous sommes déjà là, merci d'être venus ; à alors". Dès que la voiture s'est arrêtée, je suis descendu et j'ai fermé la portière côté passager. En marchant vers mon porche, j'ai senti des bras forts autour de ma taille - ce sentiment s'est rapidement intensifié lorsqu'ils m'ont à nouveau saisi par derrière ! "Trop vite pour cette Nikki", rit Nick tandis que je rougissais sous le choc, mon visage devenant plus rouge que jamais. J'ai retenu mon souffle avant que Nick ne me rapproche de son corps, provoquant le passage de courants électriques dans mes veines ; je sens soudain un courant électrique me traverser... Oh mon Dieu ! Puis-je mourir aujourd'hui ? "Je profite juste de ce moment tant que je peux," sourit-il, alors que je pouvais le regarder de près; son nez est vraiment le plus beau que j'ai vu, ses lèvres sont remarquables et j'ai même pu repérer ses superbes yeux bleuâtres-verdâtres qui complètent son image impeccable. "Amusez-vous!" fut sa réponse avant d'ajouter : "Et amusez-vous aussi !" Nick fronce les sourcils et éclate de rire ; nous le rejoignons tous les deux. Lorsque la porte s'est ouverte, nous avons rapidement arrêté de rire ; Nick a démêlé mon corps du sien avant de sourire alors que ma mère et mon père venaient m'embrasser ! "Oh non!" Ma mère m'a fait un gros câlin tandis que mon père m'a fait un câlin chaleureux - mes deux personnes préférées ! "Oh, vous m'avez tellement manqué!" papa a attrapé nos bagages et les a placés à l'intérieur de la maison ; nous l'avons suivi jusqu'à ce que nous atteignions Myka assise avec les parents de Nick. Myka a fait un câlin d'ours reconnaissant à Nick tandis que Nick répondait "Tu me manques aussi". Nick fit un signe de tête vers Myka et lui fit un signe de tête en signe de reconnaissance. Nick lui a répondu à toutes leurs questions sur notre séjour là-bas, y compris leurs inquiétudes concernant la présence de Myka ici - sinon, pourquoi m'aurait-il emmené il y a environ une heure si cela était vrai ? Maman s'est approchée de moi avec un sourire encourageant et m'a dit : « Nikki, nous prévoyons tous les deux de t'envoyer avec Nick et Myka à New York » aux États-Unis à des fins d'études. Lorsqu'on m'a demandé pourquoi, mon frisson s'est rapidement calmé au fur et à mesure qu'il m'a frappé ; pourquoi suis-je forcé de prendre une telle décision par eux et y a-t-il un inconfort que je dois supporter ? "Les parents de Nick et nous avons décidé, avec vous et Nick, que vous formeriez un partenariat commercial idéal !" elle sourit gentiment. Maman ne le saurait jamais ! Quand est-ce arrivé? Demain!?! Pourquoi est-ce soudain, alors qu'hier nous sommes revenus ici ?! "Quand est-ce que cela commencera à arriver ?!" J'ai demandé. Elle a répondu que la date était demain : - mais pourquoi si vite ?" Pourquoi si vite maman ?! Juste après notre retour ici !" Donnez-moi une pause !" Je dis sèchement, alors que Nick s'approche de nous avec Myka sur tout le corps - sûrement un spectacle embarrassant ? En essayant de ne pas rire, j'ai envie de leur donner un coup de pied tous les deux mais je n'ai pas le courage d'expliquer pourquoi ; en riant, je ris nerveusement alors que Nick s'enquiert de la source de nos rires : "Pourquoi est-il préférable de rire ?" "Pouvez-vous tous les deux avoir un peu d'espace ?" nous demande-t-il à tous les deux avant d'ajouter : "Juste pour vous rappeler que ce n'est pas votre maison." a lancé Nick. Il a répondu dans un style typique ; avec son sourire amusé habituel : "Pourquoi pas moi ?", a-t-il répondu, ajoutant : "En plus, Clint est le compagnon idéal !" J'ai plaisanté en retour ; deux peuvent jouer à ce jeu. Quand maman Lorsqu'on lui a demandé qui était Clint, Nick a expliqué "Ce type qui l'a aidée lorsqu'elle est tombée dans le ruisseau" Nick a expliqué "Vraiment, tu l'as déjà rencontré ? Maman a demandé avec amusement". "Pourquoi si surprise, maman ?" Je demande avec confusion dans les yeux ; la mère répond en rappelant Nikki et en nous rappelant qui était cet homme ; est-ce une mauvaise nouvelle ou une bonne ? Avant que je puisse répondre, papa a commencé à marcher vers là où nous parlions ; Myka a continué à s'enrouler trop étroitement autour de lui ! S'il te plaît, arrête ! "Papa, as-tu entendu parler de Clint ?", lui ai-je demandé. Si aucun de nous ne peut se souvenir de lui, permettez-moi de vous rafraîchir la mémoire", a suggéré maman. Imagine ça; un garçon qui veut épouser la fille qu'il apprécie mais qui en est empêché par un collègue surprotecteur ; en entendant cette nouvelle, il a paniqué et a couru vers ses parents en leur disant que quelqu'un avait volé sa fiancée. " Alors que je suis assis ici à me remémorer mes souvenirs, je réalise maintenant que c'est juste moi qui me souviens de tout ! Clint était mon prétendant idéal mais, en raison de sa surprotection Mon ami, Nick ne veut pas qu'il gagne mon cœur ! LE MONDE EST SI PETIT ! "Je m'en souviens !" Nick et moi l'avons dit tous les deux en même temps alors que nous nous regardions avant d'entendre la sonnette de la porte. Papa se dirige vers la porte alors que Nick et moi restons choqués par notre souvenir soudain en arrière-plan ; si c'était effectivement lui, pourquoi ne m'avait-il pas approché ni informé des événements passés ? J'espère qu'il s'en souvenait encore ; après tout, il est le premier homme que j'ai aimé - quelque chose que Nick savait aussi. Eh bien ! Depuis que la famille de Nick était partie, mes parents n'ont pas eu le temps de visiter ma planque - ce qui m'a amené à oublier mon premier amour, mon premier béguin - le garçon à la bague ! Mais la réalité s'est rapidement installée lorsque quelqu'un est apparu dans mon Cuisine ! CLINT ! Il est là et MERDE ! Ma cuisine était tellement en désordre ! "Bonsoir Falling Girl", sourit-il. J'ai rougi et je me suis senti gêné ; pourquoi est-il ici? Nick et Clint échangent des hochements de tête avant que maman ne saute de son tabouret et embrasse chaleureusement Clint alors qu'elle l'accueille à la maison. "Je pensais que la fille qui vivait ici t'avait dit que je venais ici" me dit Clint et je devins immédiatement rouge d'embarras, tandis que son regard embrassait tout mon être et me faisait rougir encore plus. Quel que soit ce sentiment, je rougis chaque fois que Clint me dit quelque chose ! Quand maman a recommencé à trop parler, elle a rendu les choses gênantes ! Clint sourit simplement mais soupire en me regardant directement tout en semblant se moquer. Est-ce qu'il me taquinait aussi ? POUAH! Maintenant, quand il a vu les parents de Nick, ils lui ont fait un câlin chaleureux de bienvenue !

Maman a préparé à manger et nous avons discuté de nombreux sujets pendant le dîner ; Lorsque la pluie a commencé à tomber de manière inattendue, ils ont passé la nuit chez nous. "Hé ! Où étais-tu à l'heure du dîner ?" J'ai demandé à ma sœur. Soudain, elle a levé les yeux avec une expression étrange sur le visage, comme pour me demander où je m'étais caché depuis si longtemps - puis elle a réalisé qu'elle venait de me voir ! Avec un sourire rapide, j'ai expliqué ma situation. "Tu me manques mais tu ne t'es pas approché de ma chambre", sanglote-t-elle. Immédiatement, j'ai couru vers elle pour lui faire un câlin ; après tout, c'est ma petite sœur. "Arrête de pleurer, j'ai juste été choqué par tout ce qui s'est passé récemment. Voudrais-tu regarder un film avec moi ??" À ce stade, j'essaie de changer de sujet, quand Clint, Nick et Myka frappent à la porte. "Pourquoi y a-t-il un film dramatique ici ?" Myka a répliqué ! Quand ils sont entrés, Nin est arrivée en courant. Clint a demandé qui il connaissait – elle ne se souvenait pas de son nom ni quand ?! Nin sauta joyeusement autour de lui en le serrant à nouveau dans ses bras, mais cette fois-ci. Nin ne pouvait pas cacher son rire, pas plus que moi ! Quand tous les trois les rencontrèrent à nouveau lorsque Nin dit quelque chose de similaire, tout le monde dans cette pièce riait ensemble à sa réponse, ce qui les faisait tous rire aussi ! "Petite fille douce, je viens juste de rendre visite à un vieil ami qui ne me reconnaît plus", a déclaré Nin. Nous avons encore ri tous les trois de sa réponse qui nous a tous fait rire ensemble !

Nin et moi décidons d'un film à regarder ensemble, pendant qu'elle dort paisiblement à côté de moi sur mes genoux - je câline et caresse sa tête avant de la confier à Clint pour qu'il la transporte dans sa chambre si besoin est ; "Ne vous inquiétez pas, tout ira bien !" "Ne t'inquiète pas Clint ! Tout s'arrangera !" "Ne t'inquiète pas!" » Dit joyeusement Nin ! "Ne t'inquiète pas!" Clint a répondu : ça n'aura pas d'importance du tout!" "Après avoir répondu," J'ai senti des yeux nous fixer avant de tourner mon attention et de voir d'où venaient ces yeux et j'ai haleté d'horreur ! Nick nous regardait follement malgré mon sourire. gentiment envers lui mais sa colère est rapidement devenue aigre; Clint a tenté de s'éloigner mais quand j'ai attrapé à nouveau ses bras, il a froncé les sourcils. "Ne fais pas attention à moi mais j'ai besoin que tu sois à mes côtés pour m'aider à me protéger contre Nin," je souris, alors que nous tous deux commencèrent à monter vers Nin. Mais ensuite il murmura : « Oh non ! Il semble y avoir quelqu'un qui nous surveille ? Vous ne sentez rien ? » murmura-t-il en retour. « Ne vous inquiétez pas ! Je m'en fiche ! » Je ris intérieurement tandis que Clint répond que sa petite amie n'a rien contre lui ! Il sourit en retour et dit quelque chose comme : « HAHA ! Drôle", avant de se recoucher où son corps chaud s'est occupé de sa tête endormie avant que l'obscurité ne nous enveloppe tous les deux.

CHAPITRE 10

POV DE NICK Je continue de regarder Nikki et Clint ; est-ce que je viens de voir Jelly ? Ouais ! Enfants, nous nous souvenons avoir regardé leur émission de mariage ; c'était horrible à voir - comme perdre mon meilleur ami à cause de quelqu'un d'autre ! Maintenant que le film a atteint son point culminant, mes yeux continuent de se poser à nouveau sur eux. Nikki dormait actuellement sur la poitrine de Clint quand je l'ai remarqué en me souriant et en me demandant "tu ne trouves pas qu'elle est belle ?" ce à quoi j'ai répondu par l'affirmative. Alors que nous parlions plus loin, il désigna Myka qui dormait à côté de moi. "Tu l'aimes bien ?" ce à quoi il a répondu par un NON décisif ! "Quoi ? Bon sang NON !" « Je veux juste te faire savoir qu'il est impossible que deux filles existent simultanément. » De quoi parlait ce type ? Alors j'ai juste souri et j'ai continué à regarder mon film. Environ une heure plus tard, Nikki recommença à remuer : "Hey Clint !" s'est-elle exclamée et a été accueillie par "Hé Nikki ! Viens par ici !" Cette réponse n'avait aucun sens : suis-je trop lourd ? " " Non ! Maintenant, regarde-moi tous les jours, putain !" Nikki a été choquée que sa mère lui ait dit de venir avec elle à New York. J'ai rapidement changé de sujet en répondant : "Ouais ! Faites toutes vos affaires pour que nous puissions partir ce soir ! » J'ai vérifié mon Iphone et j'ai vu qu'il était déjà l'heure du matin - « Hier ? » « Ouais ! Ce soir !" fut une réponse corrective. "Eh bien, je suppose que je ferais mieux d'y aller, tu ne penses pas?" Clint a demandé à Nikki avant de lui demander pourquoi il ne les rejoindrait pas à New York! Si Nikki pensait que je serais d'accord, alors elle est je me suis trompé - "Eh bien, peut-être que je viens juste de te rendre visite là-bas ; "Il y a des choses à régler en ce qui concerne les affaires familiales", a-t-il répondu. "Entreprise familiale ?", lui ai-je demandé. Il a répondu par l'affirmative, notant comment Nikki aurait pu aller à Hawaï pour que nous nous y rencontrions peut-être. .Mais elle n'a pas fait le déplacement... Alors tu es là ?" Nikki a rapidement demandé ! Quand la réponse est arrivée, il a fait la moue : "Ouais ! En fait, je t'attendais parce que tes parents m'avaient dit que tu serais mon rendez-vous mais malheureusement tu n'es jamais venu" "Oh !! Malheureusement, nous ne nous sommes jamais revus..." "C'est dommage " J'ai répondu rapidement. Ils se tournèrent tous les deux vers moi avec des regards perplexes en se demandant ce qui venait d'être dit ! Qu'est-ce que je viens de dire qui semble si féminin ?! Pour apaiser toute jalousie impardonnable, je leur ai adressé à tous deux un sourire énervé ; Nikki m'a sifflé tandis que Clint devenait plus sympathique grâce à ma sympathie ! "Tu es si pitoyable, tu ne sais pas !" J'ai répondu "Et quoi ? Tout ce que j'ai fait, c'est montrer mon soutien à Clint !" J'ai offert un peu de sympathie, n'étant pas à la fois un homme, mais j'ai quand même apporté un peu de soutien à Clint ! "Oh non... Ça doit être tellement ennuyeux de ne pas avoir de rendez-vous..." répondis-je en répondant. Clint a été surpris lorsque j'ai déclaré que j'en avais déjà un ! Sa réponse : "Nin !" Eh bien, en fait, oui, et elle est assez jeune!", rétorquai-je. Quant à son rendez-vous avec Nin, eh bien, ce n'était pas vraiment de nature romantique. "Eh bien, juste un rendez-vous amical pour une fois et il y en aura plus!" J'ai répondu "Non, mon pote n'était pas vraiment romantique, juste une connaissance et un rendez-vous amical pour s'amuser ! » J'ai répondu en disant : Nikki l'interrompt, disant à Clint que je suis assez en colère en ce moment et assez en colère contre lui d'avoir fait cette affirmation, que nous avions toujours prévu de nous marier. "Eh bien ?" Je souris et lui offre mon sourire méchant mais mon regard féroce de "Je vais te tuer". "Eh bien ? Peut-être un jour," répondis-je avant de faire un léger signe de tête en signe d'accord avant de demander, "Mais pour l'instant, pouvez-vous arrêter de vous disputer, d'accord ? N'avez-vous pas l'impression qu'ils ont déjà commencé à crier ?" Nikki intervient en disant qu'elle n'aime pas être traitée de cette façon." J'ai répondu : "Eh bien, je suppose qu'un jour, mais pour l'instant, peux-tu arrêter de te battre ?" J'ai demandé. Nikki intervint ; "Eh bien ? Peut-être un jour !" J'étais sur ce sujet maintenant, mais quelque chose dans ce qui s'est passé entre nous deux me met très mal à l'aise... Mais je ne sais pas ! Nikki est entrée et lui a reproché ! Mais tout ce qu'il sait, ce type avait ma copine ; maintenant pourquoi il a fait tant de promesses... tu ne comprends pas ! " Il n'était sûr de rien ! Pourquoi il ne le grondait pas !?!?! Nikki l'interrompit, ses paroles étaient très inconfortables en ce moment... assez en colère contre lui et quand Nikki a dit quelque chose à cela, elle n'était pas comme ce sentiment.... Si seulement... !?! Et puis encore ! Nikki l'interrompit encore : Elle lui a demandé ! Qu'il sait !?!?! Don Je ne sais pas ! Pourquoi ? !! Elle ne l'était pas, j'aurais juste souhaité... je ne le savais pas... j'étais à propos de lui mais maintenant aussi ! Nikki l'a arrêtée avant de dire quelque chose qu'elle connaissait ma petite amie... je la connaissais si facilement ?! Nikki ! "Tu n'es pas là quand elle a cédé si vite après tout ce temps à... mais alors !?! Elle l'interrompit en l'interrompant parce que...?!......... elle savait.. Ce n'était pas là, je - que s'est-il passé ?!! Ce type ne peut-il pas aimer ce sentiment, même si la fille ne l'avait pas fait, cela est définitivement bouleversé aussi....!???! Il n'aurait jamais pu le savoir !! Alors... ce sentiment si mal qu'elle le savait ?!!? Bien mais!! Elle l'aimait... (interrompre ! (a. il... eh bien ?!!! Ça fait...!... Mais je ressentais toujours ce type ! Oh ! mais je ne... Je... Quoi qu'il en soit .... !!!!! Non, elle ne le savait pas ! Si seulement... !? Et n'est-ce pas, je n'avais rien !! L'autre qu'elle ! Lui non ! Maintenant!! Ça...........!!) je n'ai pas aimé! mais peut-être que je ne le laissais pas!?!!!!!) ce sentiment, ce gars!...!! Il ne l'était pas !!! Il?!....!???!!!!! Il savait!! j'en voulais juste un et je ne le savais pas, alors ?!?! Eh bien...!!?!!!!!!!!!!!!!......!"... eh bien ! Il savait !? Mais... eh bien....!!!" Maintenant!!! De toute façon....! L'autre!!! Il...! il lui ressemble tellement... Eh bien !?...... !?! Il... Ça fait ça !?! Il ne le savait pas... Il avait été quelqu'un d'autre !!... Mais peu importe.....! Je ne savais pas... "... ou quoi qu'il en soit !.................?"! Il n'aurait jamais pu le savoir. Quoi?! Il...!!!.....!??!! Quoi qu'il en soit...... mais elle ne l'était pas... "Oui !! (Nick...!!......!!!......!!!!).... .... "....!? Mais...! je ne connais pas ce type... ? Maintenant?! Il ne l'avait pas fait...!!!!?! Donc

Après que Myka se soit réveillée après le spectacle, elle s'est penchée et m'a embrassé sur les lèvres - à ma grande surprise, bien sûr ! Nikki a crié "Prenez de l'espace, espèce de fous !", avant que Clint ne murmure quelque chose à Nikki au sujet de les laisser ici et de monter à l'étage à la place. Après qu'ils aient réussi à s'échapper dans la salle de théâtre, j'ai encouragé Myka à ne pas haleter de frustration. "S'il te plaît, reste ! J'ai raté Myka de peu, et Nikki a dû venir parce que tu viens avec nous", dis-je. Elle roula des yeux et dit à Myka "Myka a vraiment le meilleur gars !" Nikki a ri et a répondu avec un "Ouais, c'est vrai", a répondu Myka en prenant la parole. Elle a demandé à Clint : "Eh bien, peux-tu me donner un coup de main avec Nin ?" Nikki montre le corps de Nin à ses côtés. Clint répondit à son tour. "Pas de soucis", répondis-je, avant de dire à Myka que "Ne t'inquiète pas, je peux le faire moi-même parce que ta copine a besoin de toi ici" quand Clint sourit à nouveau. Après que cela soit passé, Nikki a voulu parler avec Clint mais a dit qu'ils feraient mieux de partir "à plus tard", leur disant au revoir alors qu'ils partaient avec les deux en remorque.

Myka et moi étions seuls dans la salle de théâtre lorsque Myka m'a posé une question apparemment innocente qui m'a fait froncer les sourcils : "Tu n'es pas jaloux d'eux ?" À quoi j'ai répondu avec confusion : Non. Et pourquoi devrais-je le faire ? " Hein ? Pas question – pourquoi devrais-je le faire ? » Myka a ensuite continué à m'interroger davantage sur ces spéculations à ce sujet. « Ne me mens pas Nick ; Je te connais; Je comprends pourquoi tu es revenu parce que tu ne voulais pas ruiner ta relation avec Nikki, mais je ne suis pas stupide d'ignorer le fait que tes actions nuisent à toi-même et à Nikki", s'est-elle exclamée avec un sourire. "Nick, elle vient avec nous; elle sera votre partenaire commerciale. Même si je peux essayer de lui faire croire que je t'aime toujours aussi profondément, tu ne peux pas nier la réalité : peu importe ce que nous faisons, elle t'a déjà volé ton cœur !" Myka avait raison ; Nikki m'a volé mon cœur depuis notre première rencontre. Mais , j'ai eu trop peur pour lui dire ce fait parce que cela pourrait signifier qu'elle ne m'aime pas comme moi et le fait que je lui ai fait du mal pourrait aggraver les choses. "Hé!", intervint rapidement Myka. "Et si on appelait " Elle est ici pour prendre un café à la place ? " " Nikki ? " " Oh ", s'exclama agréablement Myka avant de se lever de son canapé : jouons à ce jeu jusqu'à ce que nous sachions si elle t'aime bien ", suggère Myka " ou si elle t'aime mais je n'ai tout simplement pas le courage de le montrer parce que je suis là." Myka se tait immédiatement. "Non!" Myka crie avec colère. "Ça ne marchera pas !" "Mais Myka, je ne veux plus te faire de mal et je refuse de jouer avec elle ; elle est différente maintenant ; elle n'est plus seulement ma meilleure amie ! Je l'aime !" Avec cette déclaration, Myka et moi-même avons sauté du canapé dès que nous avons entendu cette phrase de Clint : "Eh bien, disons simplement oui !" Il rit avant d'ajouter : "Ce deal : je vais gagner son cœur Nick ! Clint a prévenu." Mais essayait-il réellement de me menacer ??" Demanda Myka incrédule. "Eh bien, n'essayez-vous pas de la convaincre ?" Demanda Myka incrédule alors que Clint annonçait sa déclaration avant de dire quelque chose de similaire avec "Nous nous aimons". Et. ... ont-ils entendu Clint ? » demanda Myka incrédule avant de regarder dans sa direction… ? J'ai aussi ri avant de menacer - ou moi personnellement ? - puis "Tiens, voici une autre affaire, laisse-moi gagner son cœur !" souriant "Eh bien, disons simplement oui!" Clint a proposé et prévenu Nick, qui venait d'arriver pour le dîner avant de demander à Clint de le menacer avant de menacer Nick ?! Nick se détourna lorsqu'il apparut soudainement derrière Clint, derrière Myka. » Demanda-t-elle, aussitôt après l'avoir entendu répondre miraculeusement à ses menaces contre Nick avant de laisser Myka demandé, qui a répondu en lui disant d'essayer de gagner son cœur « Nick ? ce qui a fait disparaître Clint sans même se rendre compte de quoi ?!?!! Essayez-vous de gagner son cœur, Nick !", a-t-il menacé... Nick ?" » Demanda-t-elle, ne sachant pas cette fois-ci alors ! » Il le menaça en lui disant à propos de Clint que lorsque Nick. il pourrait la gagner ! "Est-ce que... ses mots... C'était Clint avant de dire qu'elle lui avait parlé de la gagner... avant lui de " Oh peu importe !... Nick au cas où " Eh bien, il menace Nick.. Si c'est le cas. Est-ce que je l'avais menacé ? "Pseudo?" Mais ne l'a-t-il pas menacé ?" a-t-il été menacé ???? Il est arrivé là-bas ?" a dit Clint.....?...?" a demandé... Êtes-vous une menace pour Clint ????!! Ceci !?" Encore une fois. » Il a menacé avant de lui dire !... « Je le suis. Vous n'avez pas menacé ???!!!!!"? "Personne". Myka"...Clt?". Vous ne voudriez pas menacer!". Cela m'a semblé assez rapide!" Mais...?" "suis ?!".... Quoi exactement ?....?" ça avant "Non?" Ce n'était pas juste parce que...?.... Je suis sûr... quand ce n'était pas le cas...!?" "Pourquoi?" "Nick" !!!!" Mais Cl ?! "Pseudo????!!" Mais ????".... Me menace?"..... "Oui ???". "NICK ? !". Mais est-ce que ça n'allait pas !... S'il y a quelque part...?! "Était-ce que "N nI... avant cela était ClUT ??!" a dit que quelqu'un vous menaçait ?... 'N?"......N...Eh bien, vous ?".... Je suppose.....?...?! Merde !?" mais.. Vous le menacez ?!?" "Eh bien.....!"..."Lui ?... "... Si !?....!" Cl...???" Le...?"... quand quoi ???!! "VOULEZ-VOUS ?! Quand quand tout ça..... "Où - alors..." Qui était là avant ! "C ?" Myka." "Amnn...C...?"... "..."!" avant de trop me menacer Clint... "?".... (hehe était censé

"Non, je suis sérieux ; maintenant que je sais que tu l'aimes, ce sera intéressant pour nous deux de rivaliser l'un contre l'autre."

"Clint, sois prêt ! Je me battrai." J'ai sifflé. Mais comment pourrais-je dire à Nikki que je l'aime ? C'est le moment! Je dois parler !

"D'accord!" » Dit Clint avec un sourire, mais j'ai ignoré ses paroles et j'ai couru directement vers la chambre de Nikki ! J'avais besoin de lui dire quelque chose ! J'ai donc frappé à la porte de la chambre de Nikki jusqu'à ce qu'elle réponde et m'invite à entrer ! Une fois à l'intérieur, quand j'ai fait irruption, je l'ai trouvée en train de faire ses valises. Lorsqu'on m'a demandé où elle allait, j'ai répondu avec indignation "Duh ! Où allons-nous ?". "Oh duh!" est revenu une réponse aussi rapidement. "Oh New York !" il est revenu en masse. Quant à savoir de quoi lui parler, "Est-ce que tu aimes Clint ?" Ai-je demandé, directement au point. Nick aime toujours les questions directes. À son incrédulité, elle m'a lancé un regard étrange lorsque j'ai demandé, mais lorsque j'ai expliqué pourquoi j'avais demandé, elle a donné une réponse étrange ; "Pourquoi as-tu demandé?!" répliqua-t-elle "Rien vraiment, j'essaie juste..." elle roula des yeux. Mon monde entier s'est effondré ! "Quoi?" J'ai demandé sous le choc et ayant besoin d'une explication. Elle l'a expliqué en disant qu'elle pensait que peut-être ils pourraient arranger les choses puisque les deux sont célibataires (elle rit). On lui a encore demandé pourquoi elle avait demandé si vite. elle a souri. "Eh bien, c'est à vous de décider. Maintenant cartes sur table et discutons dès la raison pour laquelle vous venez de demander."

"Rien, je veux juste savoir ce qu'a ressenti ma meilleure amie lorsqu'elle a rencontré son béguin d'enfance ! Tu continues à parler de lui, c'est devenu plutôt énervant", je souris. "Eh bien, je suis désolé mais le revoir me met mal à l'aise..." "Je sais mais mieux vaut que je sois là pour toi" répondis-je avec colère. Malheureusement, il était trop tard ; il était maintenant trop tard et la bêtise avait pris le dessus. Elle reprit la parole en disant qu'elle avait sommeil ; eh bien, je suppose que je dois partir et je suis descendu. "Où vas-tu ?", lui demanda-t-elle ; puis vint une réponse de : "En bas ! "Tu as l'air endormi alors je veux te donner plus d'intimité - après tout, tu es toujours en colère contre moi", j'ai fait la moue. À ma grande surprise et incrédulité, elle a ri et m'a serré dans ses bras "Quoi ?" « Mieux encore, permettez-moi de m'excuser pour ce que j'ai fait ! Oui, j'étais en colère mais, eh bien, tu m'as tellement manqué, alors pardonne-moi", a-t-elle répondu. "Voudrais-tu dormir à côté de moi ?" me demande-t-elle, et dès qu'elle a commencé à parler, j'ai soupiré de soulagement, mais j'étais toujours blessée. ! Dès qu'elle a fini, elle m'a serré fort dans ses bras en souhaitant que le temps puisse s'arrêter juste un jour de plus ! Quand la question de dormir à côté d'elle s'est posée, elle a répondu rapidement : "Pas de soucis... oublie ça, d'accord ? Après tout, nous sommes tous les deux ivres..." J'ai répondu : "Ouais ouais ouais, dormons maintenant, je suis aussi fatigué..." "Dormons maintenant, je suis aussi fatigué ! Dormons, je suis aussi fatigué", répondis-je !

"Nick ! Montons ensemble sur le lit !" Dès qu'elle était dans mes bras, je suis tombé profondément amoureux. Même si je savais qu'il serait difficile de la reconquérir, mais pourquoi était-elle à nouveau si proche maintenant que je la voulais ? Pourquoi Nikki est-elle si soudaine ? Maintenant que je suis prêt à vous faire part de mes sentiments, j'ai été choqué que cela se soit produit – ce qu'ils appellent « karma », peut-être ? Mais ne désespérez pas… Je vous récupérerai ! » J'ai juré. « N'abandonnez pas – « Nick ! Viens ici ! J'ai supplié. Pseudo! N'abandonnez pas ! Et croyez-moi ; Je vais te reconquérir !" "N'abandonnez pas ! Vous ne ferez pas "Nick ! Ne perdez pas espoir ! Nick ! N'abandonnez pas !" "Nick ! S'il te plaît ! Cette fois ! Entrez ici !" "Nick ! Viens vite... ! Toi ! "Nick !"

"Nick ! Ici! Si seulement quelqu'un pouvait venir nous parler de toi il y a deux mois. " Nick ! Nick ! C'est parti ! " "Nick ! Nick ! Nick !" Nick!" "Nick! Nick!" Nick! Voici Nick! Nick!" Pseudo! Nick!" "Nick! Nick!" Nick!" Pseudo! Maintenant!! "Pseudo!" Nick!" Nick!... "Récupèrera son amour!" " Nick !! Mais ne le faites pas ! Pseudo!!! Ici! - c'était destiné pour un de plus !" " "J'en veux un !!" Nick!" Nick! - cette fois, tu gagneras! JE LE VAIS !!!!" Nick!" Nick!" JE VAIS te reconquérir maintenant... " " Que fera Myka ce soir ? " Demanda-t-elle doucement. J'ai répondu que nous nous étions déjà séparés et j'ai levé la tête pour lui faire face directement. Quand elle a de nouveau relevé la tête, elle a eu l'air surprise que nous Les choses n'avaient pas été résolues ensemble avec plus de succès que prévu initialement, alors c'était maintenant à mon tour d'expliquer : "Nous venons de réaliser que les choses ne pouvaient plus fonctionner !" "Eh bien," répondis-je en détail, "qu'a-t-elle dit alors ? " Quand mon regard a rencontré le sien, j'ai souri d'un air penaud : "Eh bien, elle a accepté !" J'ai détourné le regard avec déception avant de la regarder à mon tour : "Eh bien, qu'elle a accepté !" J'ai souri alors qu'elle relevait la tête : elle leva la tête si bien maintenant nous étions à nouveau face à face : elle releva la tête pour voir ma réponse : "Eh bien, ça veut dire... ! "Eh bien," "Eh bien c'est compliqué, tu comprendras mais peut-être qu'un jour" je souris. "Est-ce que ça veut dire que tu as besoin d'une autre fille comme compagnie ?" elle a ri. "Non. Pour l'instant, je dois m'occuper des choses moi-même - comme le travail" "Mais..." "Nikki, reposons-nous maintenant parce que nous avons un vol tôt demain matin - je ne veux pas que tu sois fatigué", ai-je crié. "Myka ? Elle habite là-bas" répondis-je promptement avant d'ajouter : "Je veux dormir ce soir".

CHAPITRE 11

POV DE NIKKI

Il faisait chaud dans mes bras. Mes jambes sont couvertes de longues jambes et quand j'ai ouvert les yeux, j'ai vu mon cher ami me serrer fort dans ses bras. C'était une super soirée, j'ai pu récupérer mon meilleur pote, même s'il admet que Myka et lui se sont séparés et je vais bien... c'était la première fois que j'avais le plaisir de rencontrer mon premier béguin , l'amour, ou autre chose ! La partie la plus difficile était la raison pour laquelle Nick me demandait de discuter de ma vie amoureuse ! Que se passe-t-il? Je suis complètement confus mais je dois être juste. Clint m'a aidé à abandonner mes sentiments envers Nick et, enfin, pas complètement, mais ai-je vraiment besoin d'effacer mes sentiments envers Nick ?

Je me suis sorti de son étreinte et j'ai été serré encore plus fort par lui. "Hé ! Tu veux me faire du mal à la vie ?" Je craque. "Hmmm… Tu sais, le bon vieux temps où nous faisions ça me manque vraiment" murmura-t-il. "LEVEZ-VOUS ! J'ai faim", murmurai-je. Il m'a lentement lâché puis m'a emmailloté à mes côtés. J'étais à nouveau capable de voir son visage impeccable. "Amusant avec mon beau visage ?" il claque. "Amusez-vous ! Debout, il va falloir se préparer pour la soirée !" J'ai crié. Il se releva rapidement et renifla. Je me demandais ce qu'il pensait être la raison pour laquelle il était si adorable en faisant ce genre de danse du visage. "Quelle est cette date ?" il demande. Je vérifie mon horloge sur ma table de chevet, et putain de merde ! Il est déjà 6 heures de l'après-midi ! Nous n'avons que trois heures pour nous préparer. "Nous n'avons pas assez dormi !" Je bouche. Il lève les yeux et fronce les sourcils. ma montre, puis je souris à son visage. Il est pâle. "Pourquoi est-il si mince, Nick ?" Je taquine. "Tais-toi, petit gars ! Nous avons définitivement un problème de sommeil ! Je dois aller à la cuisine et préparer ma propre nourriture, je te verrai ce soir" avant de pouvoir répondre, je ne pouvais pas le trouver ! C'était vraiment rapide.

J'ai pris la décision d'aller à la salle de bain pour prendre une douche rapide. J'ai pris une douche, ce qui n'a pris que 10 minutes. Pendant que l'eau apaise mon corps, je repense au moment d'hier soir où j'ai appris l'existence de Nick et de Myka. Qu'est-ce qui a rendu cela si choquant ? Que se passe-t-il? Cela fait un moment que je ne suis plus un connard ! C'est tellement frustrant. C'est peut-être le signe que Nick et moi sommes les meilleurs amis du monde et jamais plus loin !

J'ai lavé mon corps et j'ai immédiatement enfilé mon pantalon sombre ainsi qu'un blanc. Je me suis regardé dans le miroir et j'ai pu voir la jeune fille heureuse que j'étais à l'époque. Les gens changent, surtout moi. J'utilise du brillant à lèvres et de l'eye-liner, après quoi j'ai terminé. J'ai enfilé une paire de chaussures Converse noires avec une coupe haute. C'est parfait, je suis comme une rock star terrifiée à l'idée de se produire devant les foules. Puis j'ai entendu quelqu'un frapper à ma porte. "Viens chez moi", je murmure. La porte s'ouvre et Clint l'attend. "Bonjour" dit Clint avec un sourire. "Bonjour", je me suis retourné pour voir son visage puis je lui ai fait un gros bisou. "Comment dors-tu ?"

"Eh bien, je fais ce rêve étrange." L'homme lève la main vers son chèque. "Quel genre de vision bizarre ?" Je le regarde d'un air confus. "Eh bien, j'ai rêvé que dans mon rêve je t'entendais me dire que tu m'aimais. C'est juste un rêve, non ?" il fit la moue. Oh! Il joue à des jeux avec moi. Je plisse les yeux et je ris. Il est fou ! "Est-ce que mon fantasme t'amuse, ta fiancée ?"

"Une petite quantité de mon mari" je ris. Nous nous regardons puis éclatons de rire. "Tu dois prendre un repas et je penserai, ahh ! Déjeuner, petit-déjeuner et dîner tout en un" sourit-il. "Je suis sûr que j'ai dormi trop longtemps !" "C'est juste toi ou ?"

Ma bouche est ouverte. "Ne sois pas choqué par ça Nikki, je suis sûr que Nick a eu une aventure avec toi" Il soupire. "Eh bien, ouais ! Je ne suis pas sûr s'il était là, et le fait qu'il m'ait demandé quelque chose d'étrange l'autre soir concernant mes sentiments envers toi" "Tes sentiments envers moi ?"

Je tressaillis à propos du sujet, j'ai rapidement déplacé mon regard pour m'assurer qu'il ne remarque pas mon visage rouge qui rappelle une tomate. Cependant, il m'attrape le menton et maintenant nous sommes l'un en face de l'autre. "Pourquoi es-tu si rouge ? Quels étaient tes sentiments pour ma Nikki ?" demande-t-il sérieusement, ses yeux bleus fixant les miens. Je ne sais pas vraiment quoi faire, je suis complètement confus. Est-ce que je l'aime bien ? Peut-être que je suis juste choqué de le revoir, mais qu'est-ce que je pense de Nick ? "J'attends que tu reviennes" dit Nick.

"Je ---- euh ! Je ne suis pas sûr" Puis j'avoue. "Vous ne savez pas?" » demande-t-il d'un air confus et il me regarde toujours. Je le tire car je n'arrive pas à garder son regard. C'est comme si ma tête me brûlait car sa question me faisait penser un peu follement. « Nikki ? » il soupire. "Ecoute, je ne sais vraiment pas ce que je fais. Peut-être que je t'aimais, mais je suis amoureux de Nick ou peut-être juste..."

"Tu ne peux pas être amoureux de deux mecs simultanément Nikki. J'attends toujours" Il sortit de ma chambre quand. "Je t'aime" Ai-je vraiment déclaré cela ? En un clin d'œil, mes lèvres se posèrent sur celles de Clint. Je me sens aimé, enthousiaste, désireux et ---. Nous nous sommes poussés tous les deux lorsque nous avons entendu le mouvement s'arrêter devant nous. Sainte vache ! Nick, il est là !

Nick me regardait droit avec des yeux brillants et une expression imprévisible. "Nick" n'est pas tout ce que je peux dire pour le moment. "Je crois avoir dérangé le couple qui venait de se marier" dit l'homme d'une voix sèche, sans me quitter des yeux. J'ai regardé Clint et son visage était choqué, puis "Pas du tout, tu as juste marché à droite, à droite" Clint sourit. Que dois-je faire? Qui s'en soucie? Clint est devenu mon nouveau petit ami et Nick est désormais mon ami le plus fidèle. C'est tout ce qu'il faut !

"Pourquoi ne m'invites-tu pas à rencontrer ta partenaire Nikki ?" Nick fait un signe de tête à Clint. Je gèle.

POV DE NICK

Après avoir quitté la maison de Nikki, je suis rentré chez moi. J'ai observé Myka organiser ses affaires et elle a dit qu'elle allait s'asseoir et attendre que moi et Nikki soyons à l'aéroport, elle devait agir. Après avoir discuté, je prépare immédiatement mes affaires et je ne perds jamais de temps. J'ai hâte de retourner chez Nikki ; J'aimerais visiter le bord de mer, dans la région où nous avions des conversations sérieuses et aussi parce que j'avais hâte de partager avec elle ce que je ressens là-bas, même si c'est complexe. J'ai fini de préparer mes affaires. Papa et maman sont d'abord allés chez Nikki, puis je suis le suivant. Je mets mes affaires emballées dans ma voiture et je conduis prudemment.

Je suis arrivé chez Nikki et j'ai vu nos parents rire à table. "Où est Nikki ?" ils me regardent tous. "Elle reste dans sa chambre" dit sa mère avec grâce. Je souris puis tourne mon attention vers l'escalier. "Au fait, Clint est avec elle" dit son père. J'ai été stupéfait et pas ému par les annonces qui m'ont directement touché le cœur. Ensuite, mon père l'a informé qu'elle était avec Clint. Clint était avec elle, et qu'est-ce que c'est ? voir leurs lèvres dans un baiser, mon cher ami embrasser un autre mec ? Je ne sais pas quelle direction prendre. Dois-je suivre un cours de course à pied ? Dois-je frapper ce type ?

Cependant, je l'ai entendue dire que j'avais entendu Nikki mentionner qu'elle était amoureuse de Clint.

Nous avons eu une sorte de fausse conversation « Je suis content pour mon meilleur ami ».

"Nick Tu le sais déjà, alors pourquoi te présenter ?" murmure-t-elle. "Eh bien, je suppose!" c'est tout ce que j'ai à dire. "Pourquoi es-tu là ?" le connard a parlé. "Eh bien, euh ! J'essaie de savoir auprès de Nikki si elle est prête à y aller" Je souris à Nikki. "Eh bien, oui. Je suis prêt à partir." Après environ cinq minutes plus tard, il y a un silence tendu.

"Je devrais descendre pour pouvoir t'offrir un peu d'intimité" Je mens, je n'ai vraiment pas envie de partir, mais quel est le but ? Elle a déjà décidé de choisir Clint et c'est toute ma responsabilité. Si je peux juste admettre le fait que je suis tombé amoureux dès mon retour et pas à cause du sexe ! "Bien sûr, je serai là plus tard" Elle me sourit. « Clint » Je lui souris. "Nick" Nick hoche la tête.

Je détourne les yeux et me dirige droit vers le bas. Je peux ressentir une douleur dans le dos. Je sens mes larmes essayer de s'arrêter. Je suis déterminé à m'en sortir mais je ne veux pas devenir faible. J'étais assis sur le canapé, attendant que Nikki et Clint partent. Si je saute du canapé à cause de Nin, sérieusement ? "Pourquoi es-tu si silencieux Nick ?" elle marmonne. "Comme la vérité est que je suis assise là seule et que je n'ai personne avec qui partager des conversations", je ris, mais elle crie en retour. "Ne l'ignore pas Nick, c'est vrai, c'est évident et j'ai été témoin de ce qui s'est passé hier soir et ce soir"

"Alors qu'essayez-vous de découvrir ?" Je craque. "Ne lâche pas ma sœur. Elle ne t'a pas abandonné. Ça fait un moment que je réfléchis" Mon visage se tend et ma bouche s'ouvre. Que dit-elle ? "Eh bien, je parle de ça. Je ne veux pas de Clint de cette façon, c'est mieux si tu es le prince charmant de ma sœur, ou autre chose" Zut, oui ! Elle peut vraiment comprendre mes pensées ? Cela veut dire que j'ai reçu sa bénédiction ?

"Oui ! Ne te laisse pas prendre par les pensées. Tu n'es pas mon genre d'esprit, mais j'adore lire des livres et c'est pourquoi je peux dire ce que tu penses quand j'utilise certains mots qui sont tout à fait absurdes. incroyable", sourit-elle. Elle est peut-être un peu plus âgée que moi, mais elle est définitivement sur la bonne voie. Nous sourions, mais elle me regarde avec un sourire narquois. "Souvenez-vous des choses que je vous ai dites"

Je la regarde, puis je soupire. Puis-je le retirer ? Nikki abandonne déjà. "Nick, il est temps de se remettre sur les rails." Je me retourne et je les vois tous dans l'espace de vie. Je ne les ai pas encore remarqués, ont-ils entendu notre conversation ? Je regarde les visages, puis je regarde Nin dans les yeux. Neuf. "Nick et moi allons avoir une courte conversation" Merci pour le commentaire, Nin.

Nous nous sommes dit au revoir et mes parents et les parents de la mère de Nikki nous rendent visite de temps en temps. Clint nous rejoindra également les deux semaines de chaque mois. Nous avons tous deux sauté dans le taxi puis nous sommes dirigés vers notre destination, l'aéroport.

CHAPITRE 12

POV DE NICK

Le trajet jusqu'à l'aéroport s'est déroulé tranquillement et paisiblement. Nikki et moi n'étions pas ensemble. Nous avons pu récupérer nos bagages. "Enfin, nous y sommes enfin" nous regardons vers la personne à qui appartient la voix. Nous avons vu Myka sourire et nous faire signe. Je l'ai embrassée sur les joues, Nikki était exactement la même. "J'attends depuis près de deux heures" gémit-elle. C'est encore une adolescente enfantine dont j'ai essayé de faire ma fille à l'époque. "Eh bien, je suis désolé que quelque chose soit arrivé" je souris. "Pouvons-nous fouiller nos bagages immédiatement ?" Nikki dit sèchement. "J'ai déjà vérifié le mien" soupire Myka. "C'est bon, je pense qu'on va y arriver, alors pourquoi ne pas commencer par rentrer à l'intérieur ? Je pense que l'attente va être longue et qu'on sera à bord en un rien de temps" siffle Nikki. "Qu'en penses-tu, Nick?" » demande Myka avec un sourire dans les yeux.

"Eh bien, c'est un plan fantastique !" Je suis d'accord. Nikki et moi sommes allés enregistrer les bagages et avons attendu d'être scannés pour entrer dans la zone d'embarquement. Rester debout et attendre est ennuyeux, et je suis maintenant épuisé et reconnaissant que nous soyons déjà dans l'avion. Depuis notre arrivée à l'aéroport jusqu'à notre montée dans l'avion, Nikki et moi n'avons pas beaucoup parlé. Je suis assise devant la fenêtre et Nikki est juste à côté de moi. Mais malheureusement, Myka avait un siège au fond de la salle.

POV DE NIKKI

J'aimerais parler avec Nick mais je m'inquiète de ce qu'il va penser de moi. Nick était chez moi et je voulais en parler, mais qu'est-ce que je dis ? Depuis notre arrivée à l'aéroport jusqu'à notre installation dans l'avion, il n'y a aucune communication entre nous. J'aimerais vraiment lui parler de ce qui s'est passé.

Bonjour mesdames et messieurs, bienvenue à bord de ce vol à destination de New York. Je m'appelle John Finney et je suis votre directeur de vol en vol. Votre équipage de cabine est là pour s'assurer que votre vol vers New York soit agréable ce soir.

L'annonce de bienvenue continue de se répéter, je suis sûr que les yeux de Nick sont rivés sur moi. "Salut", dis-je. "Salut" Il soupire. "Excité?" c'est le seul mot que j'ai pu utiliser. "Pas vraiment, comment vont les tiens ?" il ne détourne toujours pas les yeux de moi. "Ma famille me manque déjà." ..." "Et Clint me manque ?", claque-t-il.

"Attends, ne me dis pas que tu n'es pas content ?" Je taquine. Il n'a pas pris la peine de me taquiner en retour, il met simplement sa ceinture de sécurité et pousse un profond soupir, et je ne sais pas quoi faire ? DORMIR? Est-il jaloux ? Pourquoi donc?

- - 00000000 - -

Nous espérons que vous avez apprécié nos divertissements à bord. Nous nous préparons actuellement au décollage. Le bar est désormais fermé et nous prendrons bientôt votre casque. Dois-je vous rappeler que vous devez remplir vos documents d'immigration et d'arrivée avant notre arrivée ?

Je me réveille après un sommeil extrêmement réparateur et je constate que nous sommes à New York et que nous nous préparons à décoller. Je suis tellement heureux; Nick regarde par la fenêtre. "Je n'ai pas pris la peine de te lever jusqu'à ce qu'ils servent ta nourriture", a déclaré Nick. "C'est bon ! Je n'ai pas faim"

Mesdames et Messieurs, c'est parti ! nous nous rapprochons de New York où l'heure locale est 09h00. À ce moment-là, vous devez être assis avec votre ceinture de sécurité attachée. Les écrans des téléviseurs personnels ainsi que les repose-pieds, les tables et autres sièges doivent être retirés, ainsi que tous les bagages transportés à la main dans les compartiments supérieurs ou sous le siège à l'avant. Assurez-vous que tous les appareils électroniques comme les ordinateurs portables et les jeux informatiques sont éteints.

Après une longue journée de voyage, nous sommes arrivés au condo de Nick. Myka était de l'autre côté et est partie pour que nous puissions nous reposer. "Es-tu pressé ?" Nick brise le silence. "En quelque sorte", je murmure. "Je vais simplement prendre une collation et, euh ! Prendre une douche d'abord, mais rappelez-vous que cet endroit est New York !" il est sarcastique. Quel est son problème?

Quand je me douche, je vais sur Facebook et j'envoie un message à Clint

Marié, nous sommes arrivés. Nous restons dans l'appartement de Nick. Je te parlerai après avoir pris une douche.

Après avoir appuyé sur envoyer, je l'ajoute à ma liste d'amis. Alors que j'étais sur le point de quitter la douche, j'ai reçu un message vocal.

C'était CLINT !

Mariée, tu es incroyable... Envoie-moi simplement un message si tu as terminé... Et s'il te plaît, sois rapide ! Tu me manques déjà. J'espère vous voir plus tôt.

Je ris et vais aux toilettes. "Le dîner sera servi dans une heure" annonce Nick. Je fais semblant de l'ignorer et ferme la porte de la salle de bain. Ensuite, je peux m'éloigner de ses yeux endormis ! Notre silence gênant me donne la chair de poule et je pense constamment que c'est un problème ! Dommage!

Après un long moment passé aux toilettes, Nick est venu frapper à la porte de sa salle de bain, ce qui m'a fait sursauter. "Tu vas bien dans la salle de bain ? Ça fait longtemps" même si sa voix semble sérieuse, je peux dire qu'il rit comme un imbécile. "Je vais bien et ne t'inquiète pas, rien ne m'arrivera. J'adore être aux toilettes" ok ! Tu peux jouer avec lui Nikki. Pourquoi ai-je simplement poussé un discours aussi pathétique ? En espérant le meilleur, j'espère que Nick m'écoutera.

« Quoi que tu dis Nikki, nous sommes tous les deux conscients que c'est une excuse ridicule, tu n'y penses pas ? Je l'entends rire. Je souris à l'intérieur, j'en suis sûr ! Il n'était pas convaincu par cette excuse pathétique. J'ai pris une inspiration et j'ai décidé d'aller dans ma salle de bain avant que quoi que ce soit ne puisse se produire.

Quand j'ai ouvert la porte de la salle de bain, et que j'ai pu voir Nick allongé sur le canapé devant la télé "Bienvenue dans le monde de Nikki", il sourit. "Arrêtez-vous, connard!" Je crie. "Bon, es-tu capable de mettre des vêtements ? Nous ne voulons pas que tu sois nu" dit-il en joignant ses yeux avec ses mains. "Parlez-moi de l'expérience ! Vous souvenez-vous du moment où nous avons fait l'amour ?..." nous avons fait l'amour ? Je vais m'arrêter un instant pour me vider la tête. Quand nous faisions l'amour, je devais mettre ça de côté ! "Il était temps de passer quoi ?" là, je remarque qu'il est face à moi. Comment a-t-il obtenu ça ? Est-ce que je pense à toutes sortes de choses et je ne l'ai pas remarqué bouger ?

"Ah ! Qu'est-ce qui ne va pas, où est la nourriture ?" Je change directement de sujet, puis j'essaie de passer à côté de lui, mais c'est trop tard. Le corps se déplace vers mon dos, me rapprochant de lui. Vous pouvez entendre son pouls et le souffle chaud qui est aspiré dans mon épaule. Je sens que l'électricité traverse mon corps. J'ai été tenté de partir, mais je n'y parviens pas. Je ressens toujours le même effet chaque fois que je suis avec lui.

J'ai du mal à m'éloigner, mais il resserre la prise. "N'ose pas, Nikki. Pendant un instant." Je me figeai et je pouvais sentir ses bras me serrer fort. Sa tête reposait sur mes épaules, et mon dos reposait sur son dos, et ses lèvres frappaient mes cheveux. "Nick..." "Chut ! Ne t'inquiète pas pour eux. Juste pendant quelques minutes, nous pouvons les oublier, mais seulement nous" suis-je capable de répondre après avoir été interrompu par une chanson "Quand je suis avec toi de Faber Drive"

"Comme le dit la chanson, faisons en sorte que chaque seconde compte", dit-il. Quand je ferme les yeux, je peux le sentir. Il me manque, je le chéris ! L'homme que j'aime depuis très longtemps.

Lorsque la chanson est terminée, mon téléphone vibre, ce qui signale la présence d'un message. Clint! Qu'est-ce qui ne va pas? Je suis un mec, mais je me promène en compagnie de mon ami le plus proche ! Absolument, je retire Nick de moi. Que pourrais-je faire pour y parvenir ? "Nikki..." "S'il te plaît Nick, ne le fais pas. Il y a un gars avec qui je suis et nous sommes tous les deux amoureux l'un de l'autre." Après cela, je me dirige vers la chambre et ferme la porte.

CHAPITRE 13

POV DE NICK

Je l'ai perdue. Je l'ai vraiment perdue. Elle a choisi Clint deux fois. Je l'observe juste se diriger vers la chambre, me laissant derrière elle. Je m'affaiblis, je ne veux plus jamais être comme ça. Pourquoi? Quelle est la raison pour laquelle tu as abandonné Nikki ? Suis-je un fardeau pour toi ?

On a frappé à ma porte et j'ai rapidement ouvert la porte sans confirmer de qui elle venait. "Hé ! Je suis de retour. Mais y a-t-il de la nourriture dans cet endroit ?" Myka se tient devant ma porte d'entrée. Je pousse un soupir et lui laisse un espace pour entrer dans mon appartement. Puis-je lui expliquer ce qui s'est passé ? "Nick ? Est-ce que tu vas bien ?" elle demande.

"Je ne mentirai pas si tu me dis que j'étais" Souriez. « Que s'est-il passé ? Où est Nikki ? "Elle est dans la chambre. Est-il possible de discuter en privé ?"

"Oui, quel est le problème avec Nick ?" "Pas ici, nous irons au restaurant d'en face"

Myka tourne la tête et ouvre la porte. J'espérais informer Nikki que je me dirigeais vers un endroit avec Myka. Mais je ne veux pas la déranger après l'événement. Je ne vais pas lui dire que c'était une erreur puisque je suis certain que c'était mon intention. Juste pour une courte période. Mon objectif est que ma petite amie sache que je tiens à elle. Pendant une courte période.

Myka et moi étions au restaurant. Nous nous installons sur une table qui se trouve à côté d'une fenêtre qui pourrait me permettre de voir l'immeuble à condos d'où il se trouve. Le serveur a vérifié notre table et attendait que nous commandions. Lorsque nous avons choisi la nourriture que nous voulions et que le serveur est parti, il s'est éloigné. "Alors, qu'est-ce que cette histoire a à voir avec ça ?" » claque Myka. Je lui jette un coup d'œil et je pense que je ne sais pas trop quoi penser pour qu'elle modifie mon rôle de partenaire commercial. Ce n'est qu'une question de temps après ce qui s'est passé au condo, peut-être qu'il y a une relation difficile entre moi et Nikki et cela pourrait être la raison pour laquelle nous n'avons pas pu travailler ensemble correctement.

"Nick ? Savez-vous s'il existe une sorte de relation entre vous et Nick ?" » claque-t-elle à nouveau. Je me détourne d'elle, mais malgré mes efforts, je reconnais très bien Myka. Elle peut savoir si elle ment ou non. "Oui" je murmure. Elle est choquée, bon sang ! Je la serre dans mes bras, c'est tout. "Quelle a été ta réaction ? As-tu dit ---" "Arrête ça ? Je vais la serrer dans mes bras. Je suis désespéré pour Clint aussi bien que Clint !" Je déclare calmement. "Alors c'est ce que tu essayais de me dire pendant tout ce moment ?" elle fait la moue. Un doux sourire apparaît sur mon visage.

"Malheureusement, il n'y en a pas" Je souris et elle expire de soulagement. "Alors c'est une bonne chose puisque je ne suis pas le genre de conseiller dont vous avez entendu parler", sourit-elle en retour. "C'est pour ça que tu es la personne à qui j'essaie de m'adresser, puisque je ne cherche pas à obtenir des conseils. En tout cas, j'essaie juste de te faire savoir. Je pense ---" "Dites-vous que vous avez une grosse tête !" elle sourit. "Attends, je suis un peu nerveux à l'idée de te demander de faire cette énorme faveur, parce que tu pourrais ---" "Dis que tu le feras!" » claque-t-elle, ce qui me rend plus nerveux. Est-elle folle ?

"J'aimerais que tu prennes ma place en tant que partenaire commercial de Nikki", dis-je immédiatement en respirant, et je lui ai fait verser de l'eau sur mon visage. "Je suis désolé, tu me surprends. Qu'est-ce que tu as dit ?" elle halète. "Vous m'avez bien entendu, alors ne me forcez pas à le répéter. Je ne veux pas aller dans l'eau !" Je craque en m'essuyant le visage. "Pourquoi ? Tes parents et ton père t'ont dit que tu devais apprendre à Nikki comment gérer l'entreprise" a-t-elle pu me rappeler. Je n'y pense pas mais peut-être que maintenant je me souviendrai de "Vous êtes capable de réussir ! Je vais tout vous apprendre pour gérer une entreprise prospère. Vous pouvez lui instruire", disais-je sérieusement.

"Tu ne peux pas reculer maintenant. Nick Quelle est la réaction de Nikki face à cette brusque ---" "Elle va bien, Clint est avec elle. Ce n'est pas comme si elle avait besoin de moi en ce moment" J'ai mis fin à ma conversation avec elle. "Mais Nick, et si ---" "Le prendre ou l'enlever ? Si tu ne le souhaites pas, je pourrais te forcer à trouver une autre personne", ai-je ajouté. "Quelle est la relation entre les parents de Nikki et les vôtres ?" "Je leur parlerai, mais je le ferai selon ma propre méthode" Mon sourire est large.

"Alors si cela devait arriver, où serais-tu ?" elle demande. "Je vais partir. J'ai l'intention de voyager à l'étranger, mais je dois y réfléchir. Quand je serai prêt, je reviendrai", lui ai-je dit. "Alors tu penses que tu vas en parler avec Nikki ?" "Non, je ne rentre pas chez moi. Informe-la que je pourrais partir ce soir. Je te dirai où je suis, ou ce que je fais" "Alors tu penses que tu peux la laisse-t-elle simplement pendre ? » claque-t-elle. " Nikki l'aura. C'est pour notre propre bénéfice. " Puis je mets fin à la discussion.

Suite à la conversation que nous partageons, Myka a décidé de parler avec Nikki et de discuter de tout cela. J'ai appelé mon père et je l'ai informé que je changeais mes plans.

Le téléphone de papa sonne. Je suis à l'hôtel, dans la salle d'attente de mon vol pour l'Australie. Je pensais juste que je suis sûr que Nikki est très satisfaite de Clint et je suis sûr qu'elle est satisfaite pour elle, mais je ne le suis pas. Chaque fois que je pense qu'ils vont se remettre ensemble, cela me rend malade. "Bonjour?" papa répond enfin à son téléphone. "Nick, comment vas-tu ?" "Ouais, super papa", répondis-je, mais je suis sûr que l'homme n'est pas convaincu par mes affirmations. "Y a-t-il un problème ?" alors boum ! Je ne peux rien cacher à mon père, il repérera toujours mes secrets ainsi que les choses qui me dérangent.

Avant de répondre à sa question, je prends une inspiration. "Oui, je prévois de voyager à l'étranger" "Qu'est-ce qu'il y a à propos de Nikki ? Qu'apprendra-t-elle de Nikki ?" "Je parle déjà avec Myka papa. En plus, je peux compter sur Myka et je suis sûr qu'elle ne me décevra jamais" je souffle. Il y a un moment de silence entre les deux. "Est-ce quelque chose de personnel dont tu aimerais discuter avec ton père, fils ?" Je fronce les sourcils quand la porte de ma chambre d'hôtel s'ouvre et qu'il y a le vieil homme, mon père, mon père.

"Depuis combien d'années es-tu là ?" Je claque en appelant pour mettre fin à la conversation. "Si longtemps que je n'ai pas remarqué" l'homme sourit et me fait un câlin. Je ferme la porte et lui permets de s'asseoir sur le canapé. "Alors, quel est le problème entre toi et Nikki ?" il est allé directement au fond des choses. "Je l'aime vraiment." Les larmes commencent à couler sur mes joues. "J'ai en quelque sorte l'impression" "Elle a le béguin pour le père de quelqu'un d'autre et c'est à cause de moi, je ne la considère pas comme une chose que je prends pour acquis" "Alors tu aimerais boire ?" papa sourit. Je souris et hoche la tête.

Alors que je sirotais un verre de vin blanc, papa me regarde en souriant. "Tu es quoi, fils ? Tu peux prendre ton temps pour avancer, mais souviens-toi que Nikki ne t'a pas abandonné jusqu'à ce que Clint revienne dans sa vie" Je lève les yeux et soupire. à la fenêtre. Les vues de New York sont à couper le souffle. "Je veux simplement changer ma perspective, penser que je vais bien et que je suis capable de faire face aux défis. Papa, j'essaie juste de me découvrir. Fais ce que tu m'as dit."

"Nick Tu es assez intelligent pour faire ce que tu veux faire. Fais ce que tu aimes, mais n'oublie pas de réfléchir et de rire de ces chagrins. Peut-être que ce moment entre Nikki et toi n'est pas censé se produire à ce stade. , mais il n'est pas trop tard. Nous ne savons pas avec certitude qu'à la fin, Nikki et toi, Nikki serez heureux pour le reste de votre vie. " " Bon sang papa, tu as raison " Je ris.

"Je suis sérieux, mais oui" rit papa. "Je vous regarde, vous et votre partenaire, depuis le début. Quand vous étiez enfants, comme au collège, vous disiez aux gens que vous ne serez jamais en couple puisque l'amitié est la seule option, mais une fois que vous voyez de l'autre, ce point de vue change", poursuit papa.

"Je suis conscient que ce n'est pas vrai, mais c'est comme le père du cycle. C'était le cas, Nikki m'aime mais je suis actuellement en couple avec Myka. Maintenant je l'aime, mais elle est l'amante de Clint." murmure.

"Eh bien, je suppose que c'est comme ça. Je vais y aller. Prenez un moment pour réfléchir", dit-il. "Attends, combien de temps as-tu mis pour arriver ?" Je demande curieusement. "Nous sommes dans le même avion, mon enfant, et j'ai suivi chacun de tes mouvements depuis que je sais ce qui s'est passé dans cette pièce. Nikki embrassait Clint." Puis papa est parti.

Ce vieil homme, cependant, je suis reconnaissant que nous ayons eu l'occasion de parler. Mon téléphone sonne et c'est un SMS de mon père. C'est génial de passer du temps avec mon fils.

Papa

Je souris et clique sur la réponse.

Merci pour le papa pasteur !

pseudo

Je m'allonge sur le matelas et j'attends le moment où je dois partir en Australie et je ne sais pas à quelle heure je serai en Australie. Comment va Nikki aujourd'hui ? Est-ce qu'elle va bien ou est-elle en colère ? J'aimerais penser qu'elle peut être capable de comprendre ces choses.

CHAPITRE 14

Myka m'a donné tous les détails sur le plan de Nick et tout, avec lesquels je n'ai eu aucun problème ; en fait, sa prise en main de sa vie ne pourrait que nous être bénéfique à tous les deux à long terme. Pourtant, me quitter est quelque chose qui ne me convainc pas – notre histoire est déjà assez brisée en morceaux !

« Savez-vous où il ira ? Je demande à Myka qui a l'air pitoyable en retour. Sa réponse : "Il ne veut pas que tu connaisses Nikki". Alors j'acquiesce et prends une profonde inspiration avant que Myka ne me demande si elle peut me demander quelque chose ; ce qui me fait sourire et rend toute cette situation ridiculement gênante ; étant donné nos relations compliquées à cause du fait d'aimer le même gars ! Mais peu importe ce qui rend les choses gênantes ! Myka est d'accord en tant que partenaire commercial parce que toute cette situation lui semble également ridicule et gênante - car elle en sait plus qu'elle ne le laisse entendre !

"Oui, mais assure-toi que je peux y répondre" je la taquine en retour. Elle rit et sourit. "C'est juste une simple question", répond-elle en riant à nouveau. "Est-ce que tu aimes toujours Nick?" Mon sourire se transforme en une moue malheureuse tandis que ma réponse diminue ; est-ce que je l'aime toujours alors que j'ai déjà quelqu'un. Clint, bien sûr ! ---"Elle m'interrompt avec "Ça ne répond pas à ma question", je suggère de changer de sujet "Mais tu aimes toujours Nick ?" Myka a dit oui avant. Myka a répondu rapidement "Oui. Comment a-t-elle pu dire quelque chose sans même considérer son impact...". Je murmure "Comment peut-elle dire quelque chose sans réfléchir"

"Si vous aimez quelqu'un et êtes assez courageux pour le faire savoir à tout le monde, vous n'avez pas besoin de contemplation", sourit-elle. Cela m'a fait réfléchir... Suis-je vraiment amoureux de Clint ou est-ce que je me trompe simplement en pensant que c'est vrai alors qu'en réalité c'est Nick qui tient mon cœur ? Suis-je si égoïste ou assez lâche ?

"Myka", je halète, essoufflée. « Je ne pense pas. » Alors que Myka me tend mon téléphone, elle me le rend avec le nom de Clint dessus ; dix-huit appels plus tard, je réalise que Clint a appelé dix-huit fois mais je ne l'avais pas remarqué. Finalement, je souris à Myka qui me regarde toujours.

"Mais si tu aimes tellement Nick, pourquoi as-tu décidé d'en finir avec ça ?" Je demande. Elle hausse les épaules. "Rien du tout", répond-elle. "Depuis qu'il a quitté votre village, il a réalisé ses sentiments pour vous mais n'a pas le courage de le dire ou de l'accepter car ils n'arrêtent pas de dire qu'ils préfèrent l'amitié plutôt que d'être en couple", répondis-je. Elle m'a rappelé le moment où il ne répondait pas en écrivant ses lettres : "Je suis jalouse de toi parce que ton admirateur n'arrête pas de me dire à quel point tu es adorable, douce, étonnante et magnifique - ces compliments me remplissent d'envie". Peut-être que mes actions semblent terribles ou insensées, mais c'est qui je suis ; le regret est quelque chose que je ne souhaite pas pour moi, donc je ne regrette pas les jalousies interminables causées simplement parce que je veux qu'il soit à moi.

"Je sais déjà, mais pas la partie compliment", je souris. Myka continue de parler jusqu'à ce que mon téléphone vibre indiquant un appel de Clint ! À ce moment-là, Myka est restée silencieuse pendant que je répondais et a enlevé son casque avant de répondre à son appel.

"Clint, je suis désolé de ne pas avoir répondu à tes appels à cause de..." "Nikki, je suis en route pour Los Angeles. J'ai besoin de te parler de manière très importante donc nous nous reverrons plus tard" et raccroche immédiatement. sans lui laisser le temps de répondre. Myka se demande immédiatement ce qui se passe – elle veut savoir « Alors, pourquoi cet air effrayant sur ton visage ? "Clint me raccroche au nez", tandis que Myka rit et hausse les épaules avant d'ajouter qu'il faut parler de quelque chose de très important. Alors pourquoi ce regard effrayant sur Myka ? Elle rit et hausse les épaules. "Tu sais qui tu es", comme dit Myka "Tu es bizarre".

"Eh bien, vous devriez vraiment parler tous les deux", a-t-elle suggéré, m'incitant à exprimer mes sentiments pour lui : "Je l'aime !" J'ai insisté. Pourtant, elle avait raison : mon esprit continue de se convaincre de cette histoire d'amour alors que mon cœur refuse de coopérer.

Myka a souri quand j'ai dit cela, puis a tapé dans ses mains avec une expression qui exprimait son approbation. Quand j'ai fini de parler, elle a hoché la tête en signe d'accord avant de dire : " Eh bien, il est trop tard maintenant, donc si vous le souhaitez, vous pouvez dormir ici. Après tout, ce n'est pas mon appartement. " Quant au départ de Myka d'ici, je ne voulais plus avoir de souvenirs de Nick... " Mais ensuite Myka m'a interrompu - quand serait-elle prête ? Elle m'a encore coupé la parole en disant quelque chose de similaire " Mais peut-être que le travail aidera ", ce à quoi j'ai répondu en accord et sourit avant de conclure nos mots d'excuses échangés furent échangés par Myka et sourit à nouveau avant de partir Myka arrêta de parler avant de sourire à nouveau comme si.

"Très bien, bonne nuit !" Myka crie pendant que je m'allonge sur un canapé séparé de Myka et laisse l'obscurité m'entourer.

Au début, cela semble incroyablement compliqué et prend beaucoup de temps, mais, finalement, tout devrait se mettre en place !

Alors que je m'endormais devant la lumière du soleil tachetée qui pénètre dans le condo, c'est une journée magnifique. Quand je me suis retourné pour observer Myka assise là où elle dort en sirotant un café. "Bonjour!" » salue-t-elle, puis commente : « Tu ne crois pas que tu as rendez-vous si tôt au restaurant d'en face ? Ma montre indiquait 10 heures du matin ; alors quand j'ai baissé les yeux, elle m'a dit de ne pas m'inquiéter car il lui avait déjà envoyé un texto pour lui dire qu'ils attendraient", sourit-elle gentiment.

Je me suis immédiatement dirigé directement vers la salle de bain pour me changer. Afin de faire face à Clint pour notre discussion, il était impératif que j'étais présentable et que je me concentre sur la défense de mes arguments tout en lui disant à quel point je suis désolé pour les problèmes qu'il pourrait avoir avec moi.

Mon téléphone sonne indiquant un appel. "Bonjour, qui est-ce?" Je demande en attachant mes cheveux en queue de cheval. Clint se présente alors comme "Bonjour Nikki ; dis-moi juste si tu es prêt." Pour m'éviter toute perturbation supplémentaire en m'habillant, j'ai dit : « Oui, j'arrive et je suis désolé pour ça » tout en reprenant mon souffle en m'habillant sans prendre le temps de prendre une douche (en plus, c'est juste du café, n'est-ce pas ?) "C'est bien, prenons juste un café et à bientôt". Après cet échange je raccroche pour qu'il n'oublie plus ses projets !

Dès mon arrivée au point de rendez-vous de Clint, je décolle immédiatement avec Myka qui m'aide à faire mes valises pour pouvoir m'éloigner et commencer ma vie sans penser à avoir une autre relation.

"Hé", ai-je répondu avec surprise lorsque j'ai reconnu la voix de Clint et vu qu'il était avec une jolie fille, que j'ai immédiatement reconnue comme étant Nikki. Lorsque Clint a présenté Shelly comme la fiancée de Nikki - quelque chose m'a fait haleter - il a ensuite dit à Nikki "Nikki, rencontre Shelly ma fiancée, Shelly rencontre Nikki. Ces présentations m'ont encore plus choqué, alors quand Shelly a expliqué qu'elle avait besoin de rendre visite à quelqu'un d'important - tout comme moi lorsque Nikki Elle lui rendit rapidement son sourire avant de dire à Clint "Clint bébé, mais j'ai vraiment besoin de voir mon ami. " Et avec cette déclaration vint leur départ et après avoir parlé en privé à Nikki pendant un moment, elle partit.

"Alors, c'est quand le mariage ?" Ai-je demandé, plein de colère. Il a reconnu mon mécontentement en répondant qu'il voulait discuter de quelque chose d'important avec moi - désolé Nikki, j'aurais dû te le dire beaucoup plus tôt mais pour autant qu'il sache, papa lui a parlé d'un plan d'arrangement élaboré et cela n'a jamais fonctionné avec moi jusqu'à présent - et pourtant m'aimais toujours autant ! Il a conclu.

"Donc tu m'aimes?" Répondis-je en calmant ma voix du mieux possible, avant que Clint ne réponde doucement et ne baisse la tête en silence. Lorsque j'ai insisté davantage, j'ai essayé de paraître gentil, mais ma colère a éclaté au-delà de toute mesure alors qu'il gardait simplement son silence et hochait lentement la tête. J'ai fait de mon mieux pour ne pas laisser échapper ce que je pensais : que ma relation avait été injuste pour toi ; après avoir été témoin de ce qui s'était passé ce matin, mon opinion sur moi comme juste avait radicalement changé ; à mon tour, je suis devenu furieux contre moi-même d'avoir cru à ce mensonge lorsque cela s'est produit avec Nick avant de réaliser ce qui s'était passé et j'ai commencé à crier sur ce qui s'était passé entre nous avant de finalement perdre le contrôle.

"Tu te rends compte du prix à payer pour te choisir comme partenaire ? Tu te rends compte combien de relations j'ai dû abandonner à cause de toi ? Clint, mon meilleur ami est parti à cause de toi ! J'ai renoncé à l'amour pour lui pour pouvoir je t'aime pleinement sans restrictions mais c'est tout ce que je reçois en retour ?" Je sanglote.

"Nikki, s'il te plaît, accepte mes plus sincères excuses", dit Clint en larmes, tandis que Nikki sanglotait doucement dans ses mains. Indépendamment de ses paroles d'excuses ou de la fréquence à laquelle il s'est excusé auprès de moi de l'avoir perdu et de ne jamais savoir s'il m'aimait toujours ; mes larmes coulaient silencieusement dedans.

"Que puis-je faire pour mériter ton pardon ?" m'a-t-il demandé avec un ton de colère dans la voix, alors que ma colère montait contre lui. Après l'avoir entendu demander cela, j'ai dit sans peur ni honte "Je ne veux plus te voir jusqu'à ce que mon cœur arrête de battre", ai-je déclaré avec confiance avant de le laisser derrière moi sous le choc - quelque chose qu'il peut encore trouver choquant ou non !

Chapitre 15

Le point de vue de Nikki

Ma vie m'appartient vraiment. À 22 ans, en tant que mannequin élégant et entrepreneur à succès, je peux honnêtement dire que beaucoup de choses ont changé en moi au fil du temps.

Alors que je marchais le long du bord de mer, respirais profondément et sentais l'eau salée sous mes pieds, l'été était enfin là. C'est ma maison; où commence mon histoire ; où Nick et moi nous sommes rencontrés pour la première fois. Trois ans depuis la dernière fois que j'ai vu Nick. La dernière fois que nous avons parlé dans son appartement, il m'a embrassé chaleureusement, sachant que je suis toujours attaché à Clint qui a déjà une fiancée (cela s'est produit alors qu'il était à l'étranger) ; Myka, cependant, avait déjà tourné la page et est mariée depuis trois mois maintenant.

« Nikki ! » ma mère a appelé. J'ai fait un signe de la main en réponse et j'ai accusé réception de son appel alors que nous nous tenions sur la plage où Nick et moi échangions ensemble des pensées sérieuses. Maintenant, nous faisions un pique-nique avec mes parents, papa, Nin et Nin. Quand je me suis dirigé vers eux, j'ai dit à mon père "c'est une si belle journée", ce qui l'a fait sourire en retour avec son sourire caractéristique : "Oui, c'est chérie".

Mes yeux se tournent vers Nin, la charmante jeune texteuse adulte. Sa peau est maintenant magnifiquement foncée et elle est devenue une jeune femme élégante dotée d'une intelligence étonnante. Quand ma mère a commencé à décharger nos affaires, j'ai remarqué qu'elle avait des tonnes d'assiettes rangées par ma mère ? "Maman, pourquoi y a-t-il autant d'assiettes ?" Je demande avec confusion avant de me tourner vers mon père qui m'informe "Oh ! N'avons-nous pas déjà mentionné que ce pique-nique n'était pas seulement lié à la famille ? Nikki nous rejoindra !" papa a rappelé. Sans répondre, j'ai simplement hoché la tête en regardant vers la mer.

"Ils sont là!" maman annonce avec un cri. La famille se lève et Ninnie se lève aussi ; Je voulais juste un peu de calme. N'étant pas très doué pour approcher les nouveaux visiteurs, je n'ai pas pris la peine de tourner mon regard vers les visiteurs qui arrivaient ; à la place, j'ai mis mes écouteurs et j'ai commencé à écouter Summertime de Bridgit Mendler - sachant très bien que cette chanson est dédiée aux meilleurs amis mais je me demande où se cache la mienne.

"Nick" apparaît à côté de moi et me salue. Ma bouche s'ouvre ; après trois ans, il était enfin de retour ! Au lieu de répondre à ses questions sur mon état de santé, je lui fais un câlin d'ours, puis je le relâche rapidement pour faire mon mouvement avant de me relever rapidement - ce mouvement n'était pas bon ! « Nikki ! » » il répond en retour, avant de faire la moue en disant que tu ne nous as pas salué, pourquoi et « Nikki, tu vas bien ?! » s'enquiert-il avant de faire la moue qu'aucune salutation n'a alors été échangée entre nous et je me lève rapidement faisant de son retour une erreur après un silence gênant entre nous je l'ai rapidement relâché avant de me relever rapidement - ce qu'il n'approuverait pas ! Ce mouvement n'était pas bon Nikki ! Cette décision n'était pas bonne non plus ! Ce geste n'était pas bon Nikki ! Ce mouvement n'était pas bon - ce mouvement n'était pas bon Nikki ! Ce geste n'était pas bon Nikki ! Ce mouvement n'était pas bon Nikki !! Ce geste n'était pas bon ! Nikki ! Ce geste n'était pas bon Nikki ! Ce mouvement n'était pas bon non plus car il l'avait eu. Après un silence gêné, je l'ai relâché rapidement en me levant sans même lui parler en face pour le rencontrer avant de me lever rapidement pour le quitter à nouveau avec mon mouvement d'armurerie étant libéré au moins 10 ans après, bien sûr... "Oui, d'accord.. .Ce mouvement n'était pas bon Nikki !! Ce mouvement n'était pas bon Nikki !! Ce mouvement n'était pas bon Nikki ! Nikki !! Ce mouvement n'était pas bon non plus ! Ce n'était pas bon Nikki !! Ce n'était pas bon non plus ! Ce mouvement n'était pas bon Nikki ! Ce mouvement n'était pas bon pour - ce mouvement était accéléré puis partant rapidement et puis se levant rapidement puis partant rapidement après quoi se leva rapidement se leva rapidement se leva rapidement se levant rapidement se relevant si vite puis, après un moment de silence gênant, ce n'était pas bon, Nikki !" se levant rapidement avant de finalement le relâcher immédiatement en le laissant comme quand - C'est définitivement mauvais non plus Nikki !! ce mouvement! mais... Cela l'avait eu. - ce n'était pas bien quand ! Nikki !!!!!!!!!!!!! Mais ce mouvement !!!! Ce n'était pas bon !!!!!!!!!!!!!!!!!! Cette décision n'était pas bonne du tout... !!! Il était venu l'accélérer avant de se relever rapidement, se précipita se relever & bientôt cependant et se releva rapidement en fait c'est comme nous qui étions rapides....!!!; ce n'était pas le cas !!!!! Il l'avait déjà fait !!!"......!!!! avant de finalement le libérer de toute façon !! Mais peu de temps après et il est parti rapidement !!! ce n'était certainement pas bon cependant !!!! Il savait.... .....! Lui !!!!! Mais, Nikki!!!!!!!!!!!!!!!!!!!!! Ce geste n'était pas génial Nikki !!!!!... n's!!!!!!!!!!!!! attention juste...!! Nikki...!!!!!!!!!... Ça a fait trop tôt par la suite....!!!!! ...!!....! Oh!!!! Dans son !!!!!!.............................. Nikki !! Il serait -

Mon subconscient bouillonne de confusion alors que "Nikki, tu es magnifique comme toujours", la mère de Nick me salue et m'embrasse chaleureusement. Après avoir remercié Tita de m'avoir accueilli à la maison après trois ans de séparation (tout comme Nick), son père m'a également pris dans ses bras. Nick ne les avait pas vus non plus, alors ils nous ont encouragés tous les deux à parler davantage : ils ont suggéré que nous devrions discuter pendant un moment car "nous savons que vous avez besoin de conversations sérieuses". En entendant cette suggestion, je fronce les sourcils – pourtant Nick me souriait toujours chaleureusement depuis l'autre côté de la pièce.

"O---oui, bien sûr", répondis-je avec hésitation. En suivant Nick vers la mer, je l'ai suivi à pied. Nous avons continué à marcher jusqu'à ce que le silence nous enveloppe tous les deux ; Finalement, Nick m'a demandé s'il pouvait avoir mon numéro, auquel j'ai donné le mien en échange et une fois que nous avons échangé nos numéros, un silence gênant s'est à nouveau ensuivi.

Alors que nous nous éloignons de nos parents, Nick s'arrête pour se reposer sur un gros rocher, m'offrant son côté. J'accepte volontiers et m'assois à côté de lui.

"Comment vas-tu?" J'ai demandé. Sa réponse ne m'a pas quitté des yeux : "Je vais bien, et toi ? J'ai tellement entendu parler de toi" a été prononcée lentement sans rompre le contact visuel avec le mien. Lorsque mon regard revint vers notre aire de pique-nique, il respira profondément avant de placer soudainement un bras autour de mon épaule, me prenant par surprise.

"Je sais ce que tu veux dire", lui murmurai-je.

"Nikki, je pensais que tu m'avais complètement oublié", déclara-t-il alors que nous regardions vers la mer. Sa voix indiquait un ton sérieux mais je ne comprenais pas le sujet de sa conversation. En réponse, je lui ai cogné la tête assez fort pour qu'il se tourne vers moi et me demande ce qui venait d'être dit :

"Ne souhaites-tu pas Nick ! Ne le fera jamais !" Cela l'a tellement mis en colère que je lui ai donné un coup de poing sur l'épaule, nous faisant tous recommencer à rire ensemble.

« Qui sont vos nouveaux intérêts amoureux maintenant ? » Nick s'enquiert. Je réponds cependant que personne n'est intéressé. Il continue : "Eh bien... ces garçons... eh bien, je n'ai pas vraiment d'intérêt pour ce rôle, Nick !" Je ris intérieurement et hausse les épaules.

"Nick", je murmure. Il semblait confus. Je taquine : "la même question mais pas des garçons mais plutôt des filles". Lorsqu'on l'a pressé davantage, il a rétorqué : "vous n'avez pas besoin de savoir ça", et s'est levé tout en étirant ses muscles avant de se rasseoir.

"Allez, qui est mon meilleur ami ?" J'ai demandé, j'espère que oui ? À mon incrédulité, il a répondu par l'affirmative avec un sourire optimiste et "Oui". Lorsqu'on m'a demandé avec honnêteté qui il aimait ou aimait, j'ai entendu une réponse qui m'a choqué : « Personne, mais quelqu'un ». Cette pensée m'a causé une douleur aiguë dans le dos alors que l'idée m'a traversé l'esprit que cette personne pourrait connaître cette fille à son retour en Australie. "Elle doit avoir beaucoup de chance". J'ai eu envie de partir mais j'ai réussi à répondre : "Certainement. Depuis le jour où je l'ai rencontrée, je l'aime" alors qu'il souriait ; là, j'ai vu à quel point il était content de connaître cette fille. Puisque nous sommes les meilleurs amis, j'aimerais aussi la rencontrer maintenant. "S'il te plaît, appelle-la", ai-je plaidé, me persuadant que tout irait bien. Nick hocha la tête en sortant son téléphone pour appeler. Pendant que nous attendions, mon téléphone a sonné avec un numéro inconnu qui m'appelait. Dès que cela s'est produit, je lui ai fait signe de la main : « Mieux encore, attends. Je crois que je reçois peut-être un appel », ce qui l'a amené à hocher la tête tandis que je répondais moi-même : « Bonjour ? Qui est-ce ? Avec qui est-ce que je parle. ?", puis j'entendis plus tard quelques rires "Nikki je t'aime".

"Nick m'a dit qu'il m'aimait ; toute jalousie qui avait fait surface s'est rapidement dissipée comme de la fumée dans la brise. Dès qu'il a fini de parler, je me suis tourné vers lui en souriant chaleureusement et lui ai demandé : 'Qu'est-ce que tu dis ? J'ai pensé qu'il pourrait peut-être murmurer : mais non, il a dit clairement

"Je t'aime Nikki et je veux passer le reste de ma vie à t'aimer, à te chérir et à prendre bien soin de toi. Si j'en ai l'occasion, je me marierai et passerai toutes mes journées avec toi. "

Les larmes me montent au visage alors que l'homme que j'aime voulait passer toute sa vie avec moi. "Que demandez-vous?" Je souris. Il a répondu qu'il voulait d'abord que je sois sa petite amie avant de prendre des mesures pour me demander d'être sa femme ; ses yeux brillaient alors qu'il se rapprochait jusqu'à ce que nous devenions inséparables - des pieds, des pouces, des centimètres et des millimètres l'un de l'autre jusqu'à ce qu'il n'y ait plus rien entre nous.

" Nikki, il y a trois ans, j'avais peur de prendre des risques et je t'ai laissé derrière plutôt que de me battre pour notre amour. Au lieu de me battre plus fort pour toi, j'ai facilement abandonné. Maintenant, cependant, je ne regrette jamais d'avoir laissé cette vie derrière nous parce qu'ici nous sommes ensemble sur un chemin parfait - aucun regret d'avoir quitté cette vie car ici nous sommes dans un endroit parfait et je peux assumer toutes les responsabilités à mesure qu'elles se présentent. Nikki, ça a toujours été de l'amour depuis le premier jour où nous nous sommes rencontrés ; de J'ai appris des choses ensemble jusqu'à maintenant ; je suis toujours amoureux pour toujours ; je te veux comme mère pour mon enfant ; je ne demande plus simplement d'être ma petite amie ; à la place, je te veux comme femme ! Nikki, veux-tu m'épouser ?"

Pas étonnant que mes yeux se soient remplis de larmes de joie à sa question ! Sans même entendre ma réponse, ses lèvres rencontrèrent les miennes pour un baiser intense mais passionné qui ne laissait aucune trace de passion ou de douceur. Avant de répondre, sa réponse fut "Oui, je t'épouserai. Je t'aime plus que jamais", suivi d'une autre douce et douce avant de terminer sur sa note la plus tendre : il m'embrassa doucement sur la joue.

À l'avenir, Nick et moi prévoyons de tirer le meilleur parti de notre relation. Il m'aime profondément; cet endroit que j'appelle chez moi.

LA FIN

Milton Keynes UK
Ingram Content Group UK Ltd.
UKHW050325300923
429647UK00007B/19